U0153380

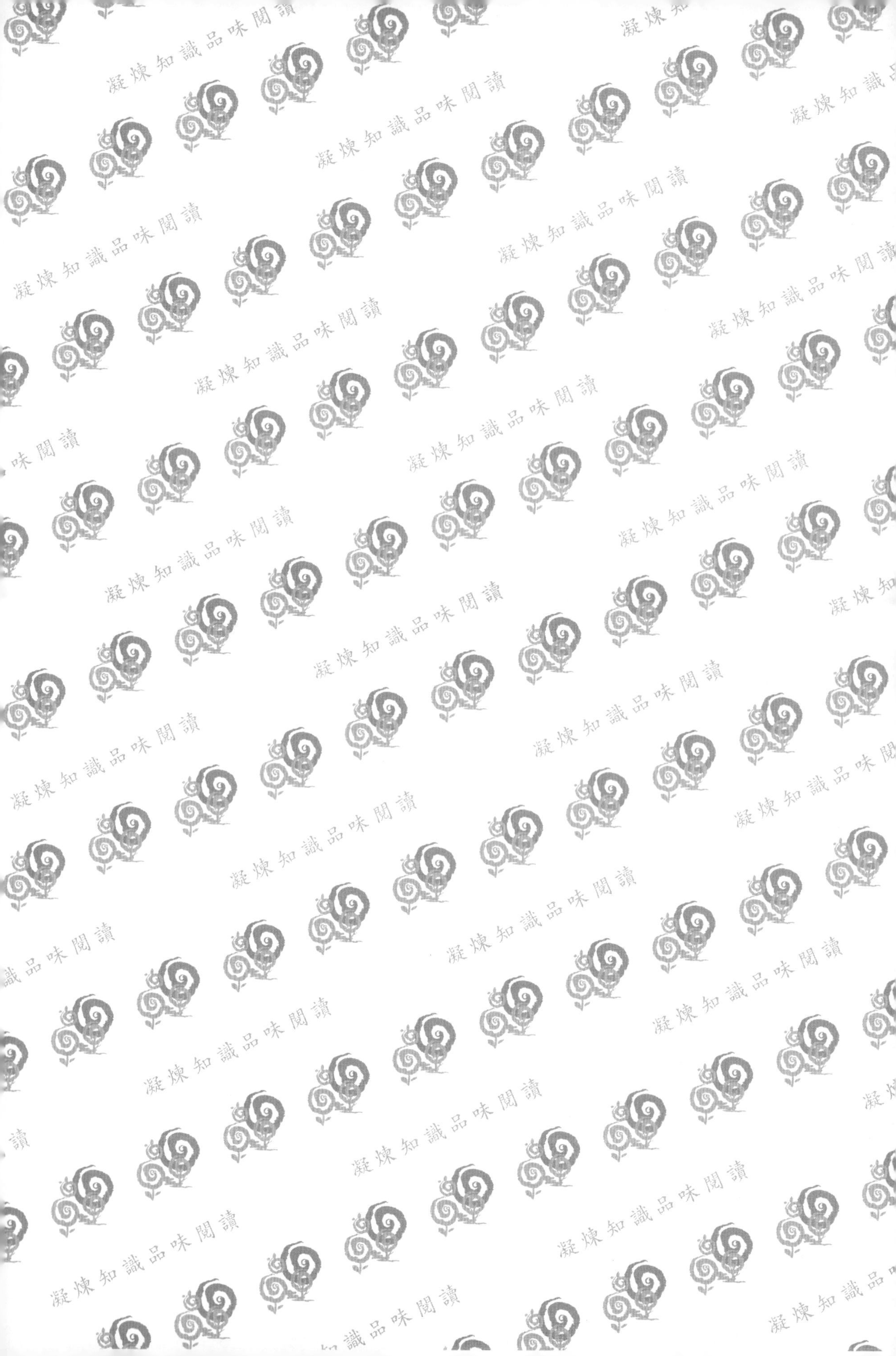

本書以部首為準，以五到十二畫的部首為基，
教你正確使用漢字筆劃、了解部首、如何寫好國字。

Easy to Learn Chinese

漢字300

習字本 4

楊琇惠─編著

目錄

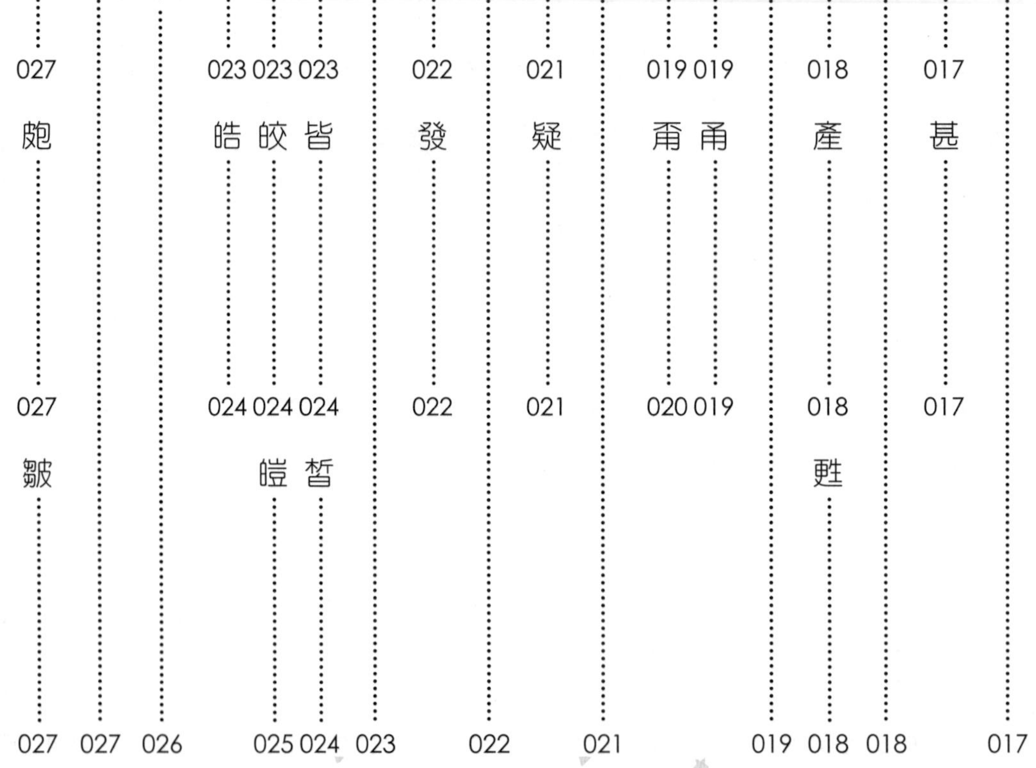

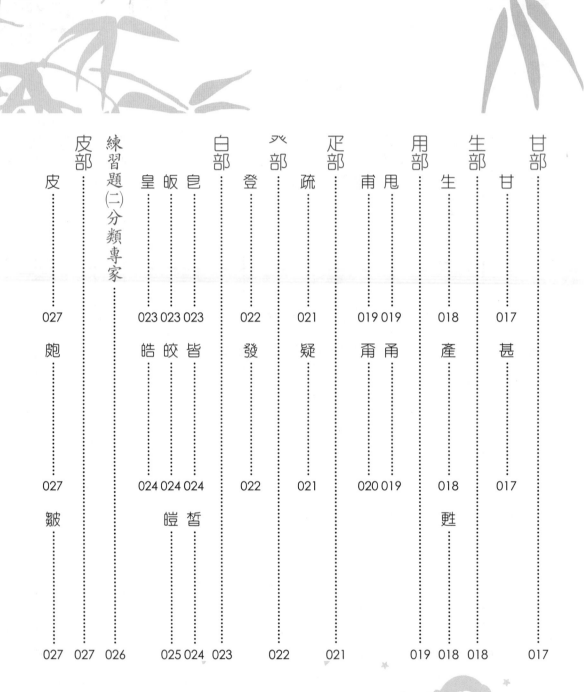

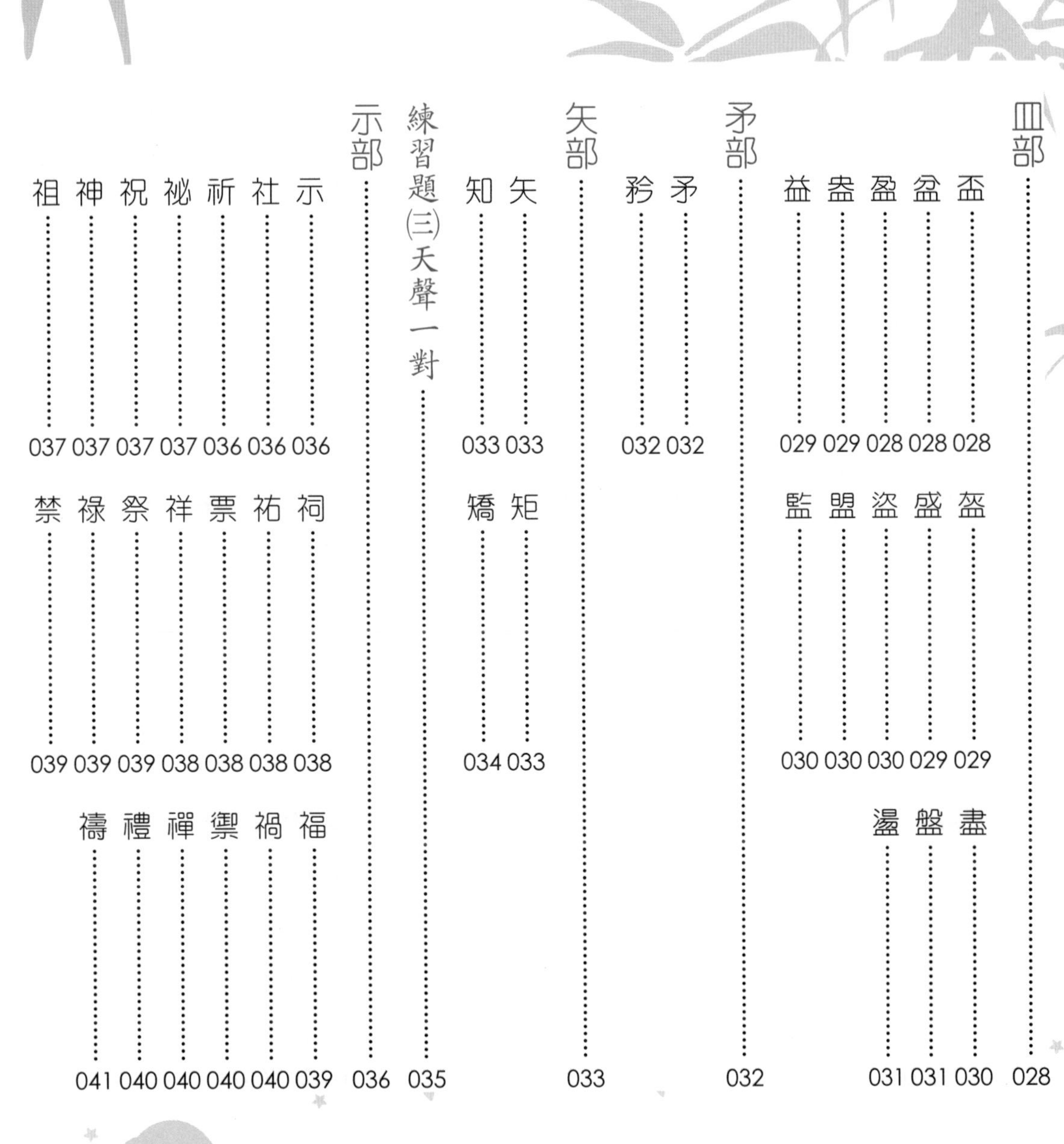

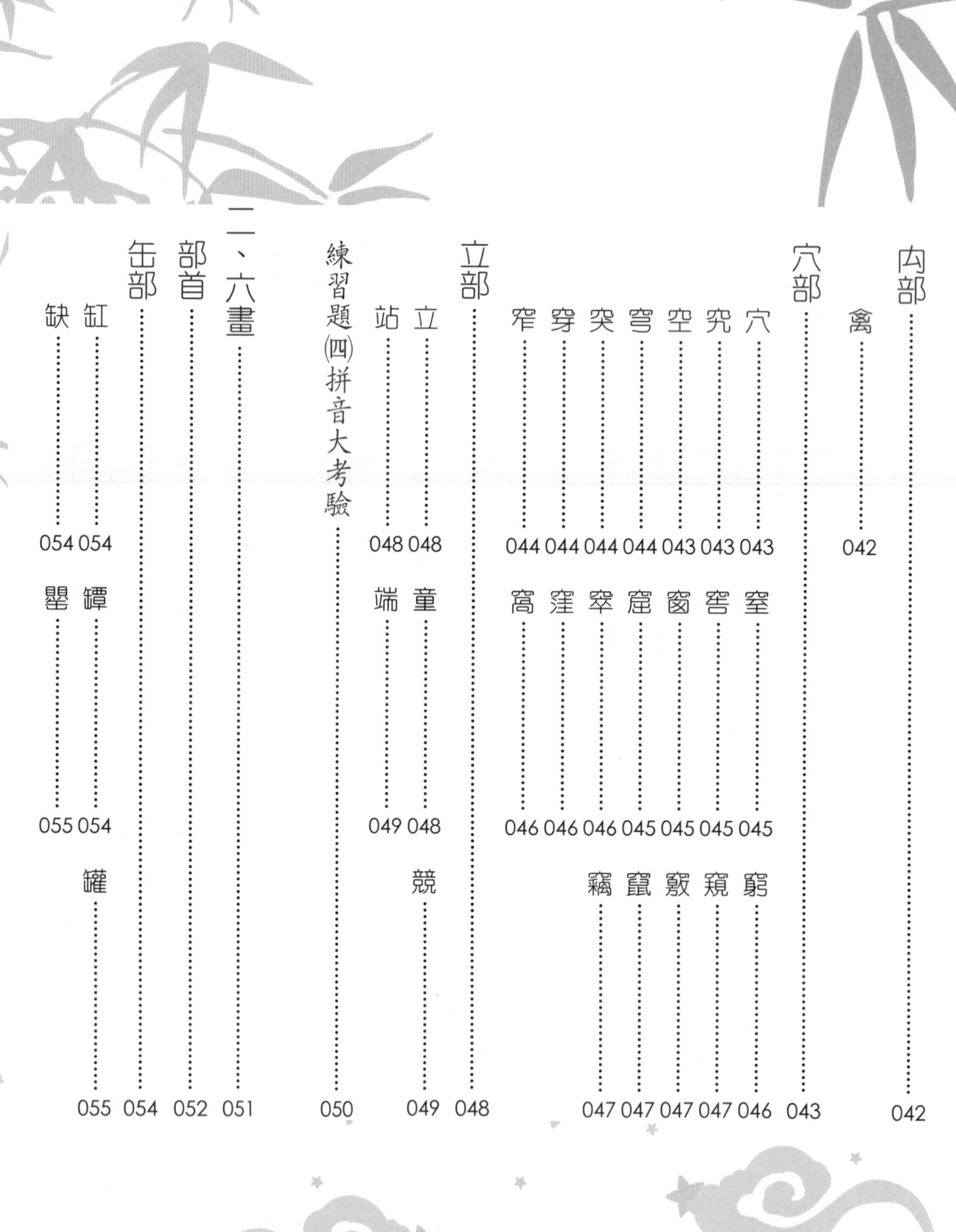

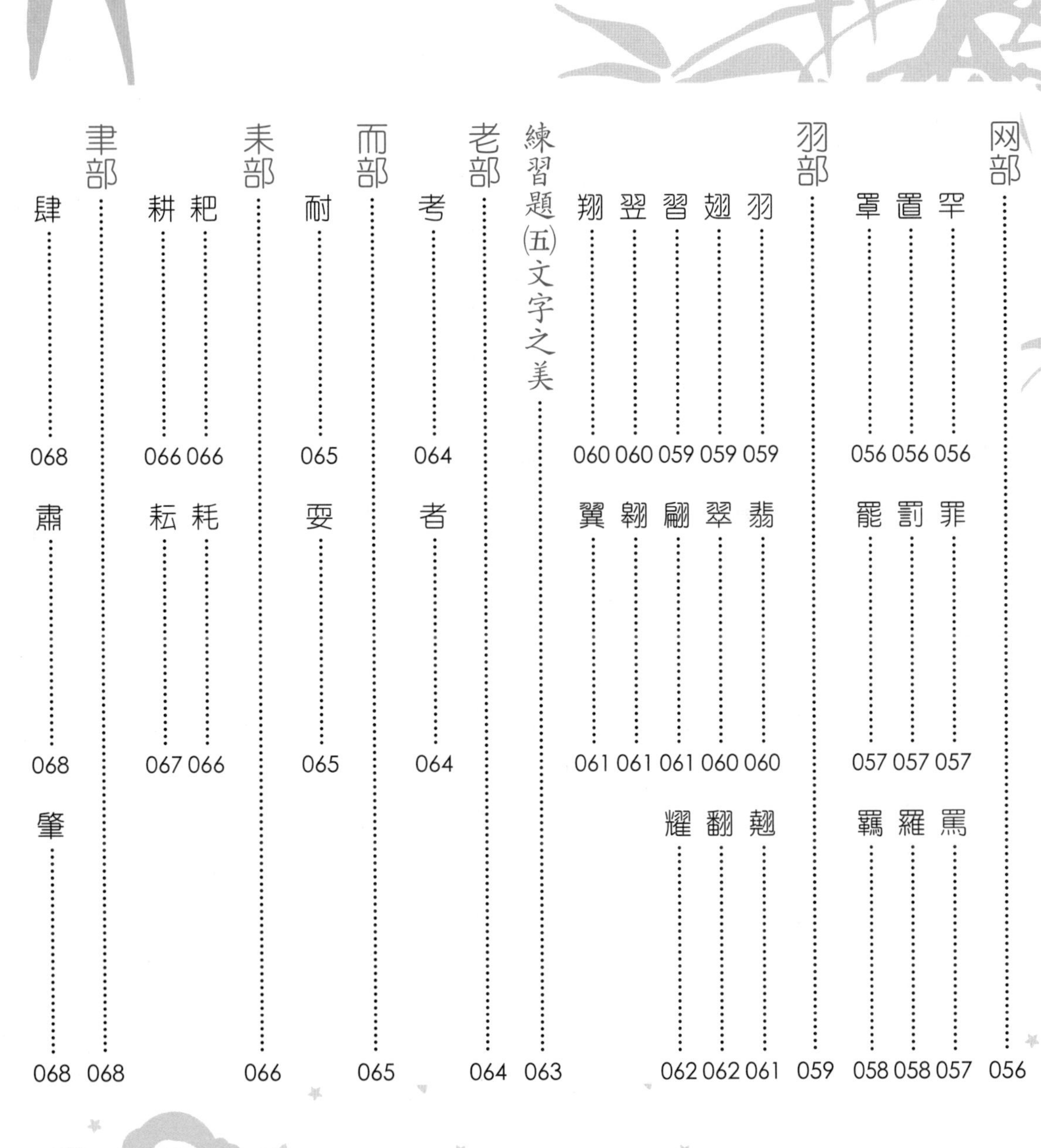

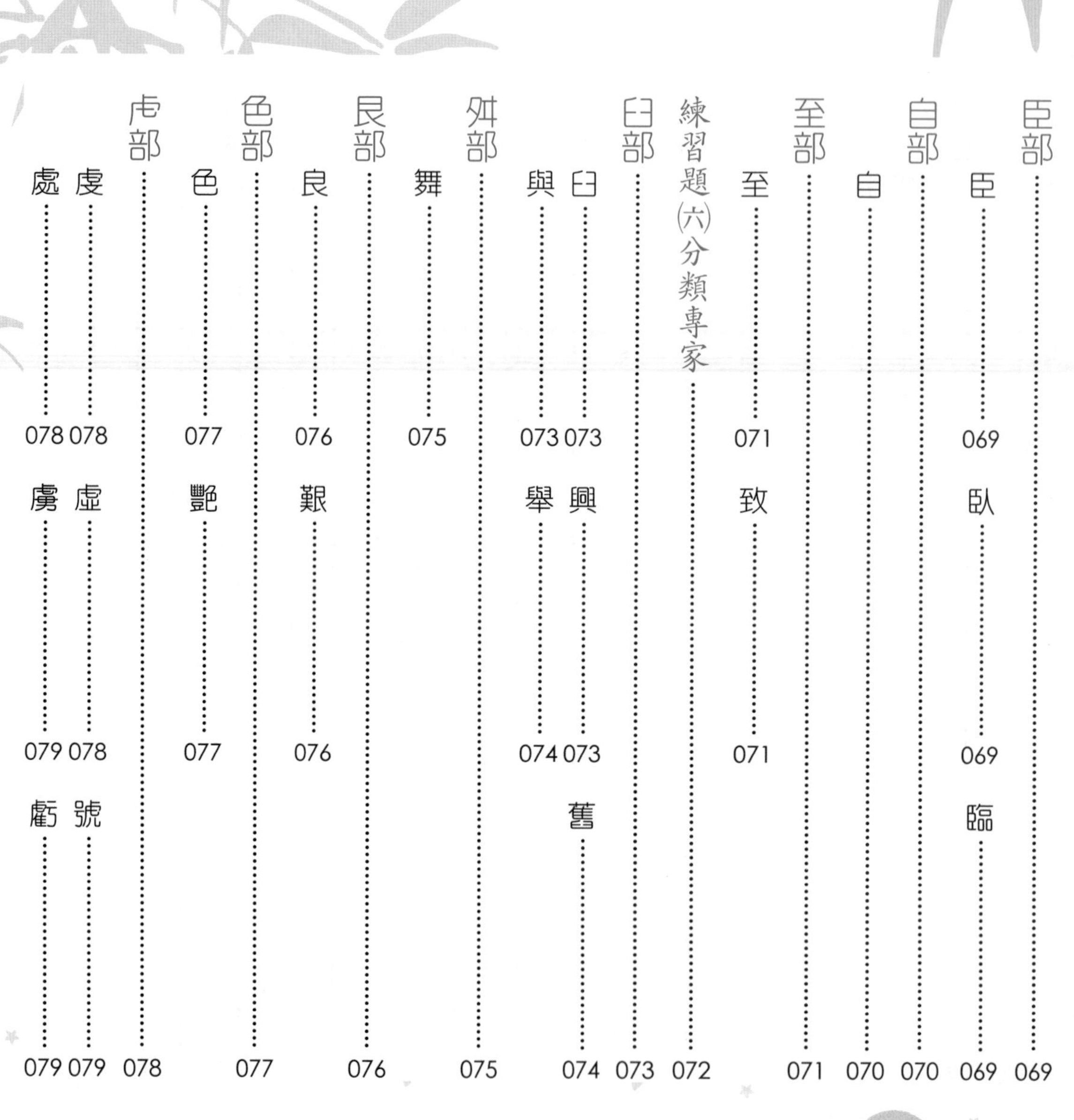

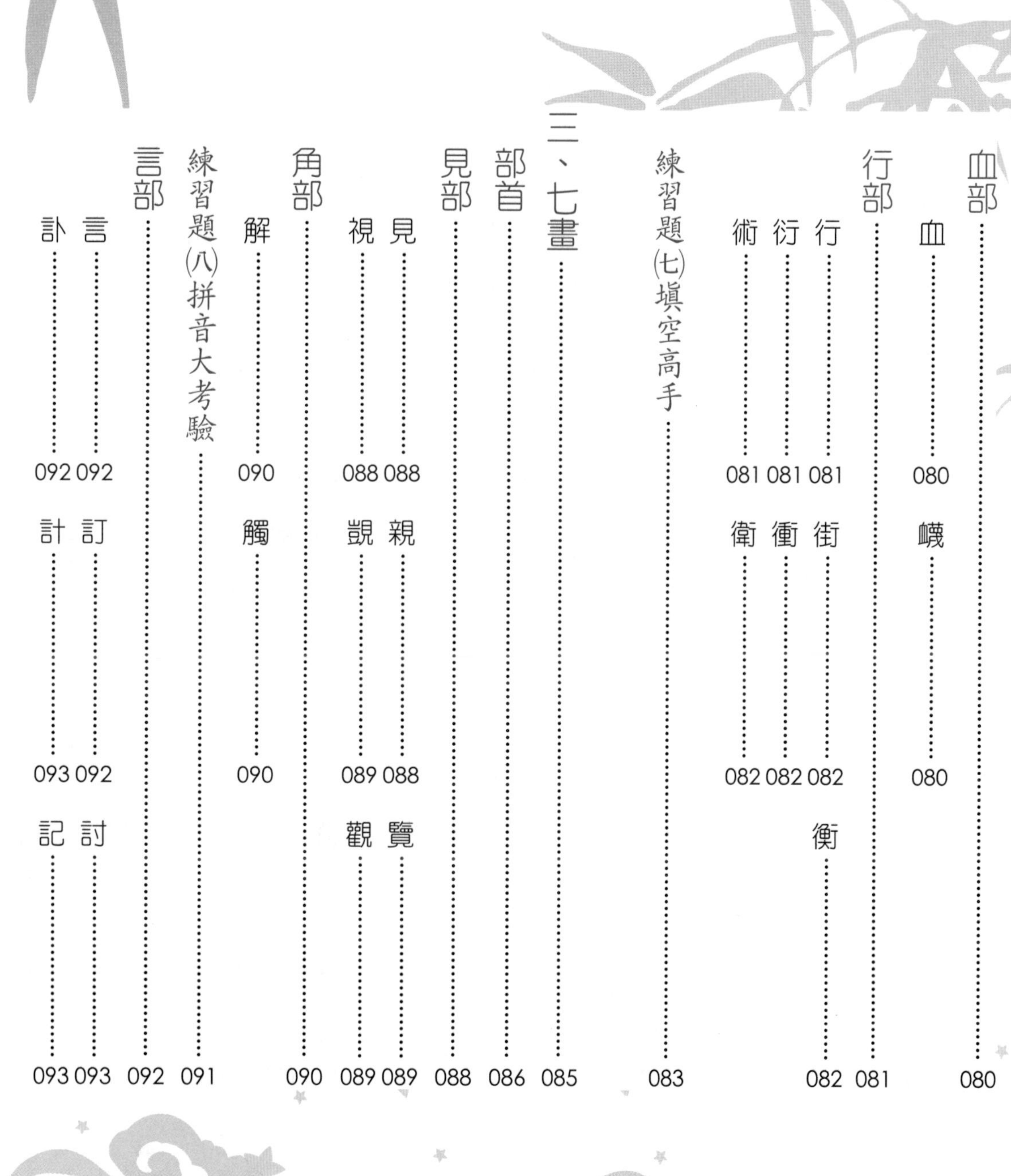

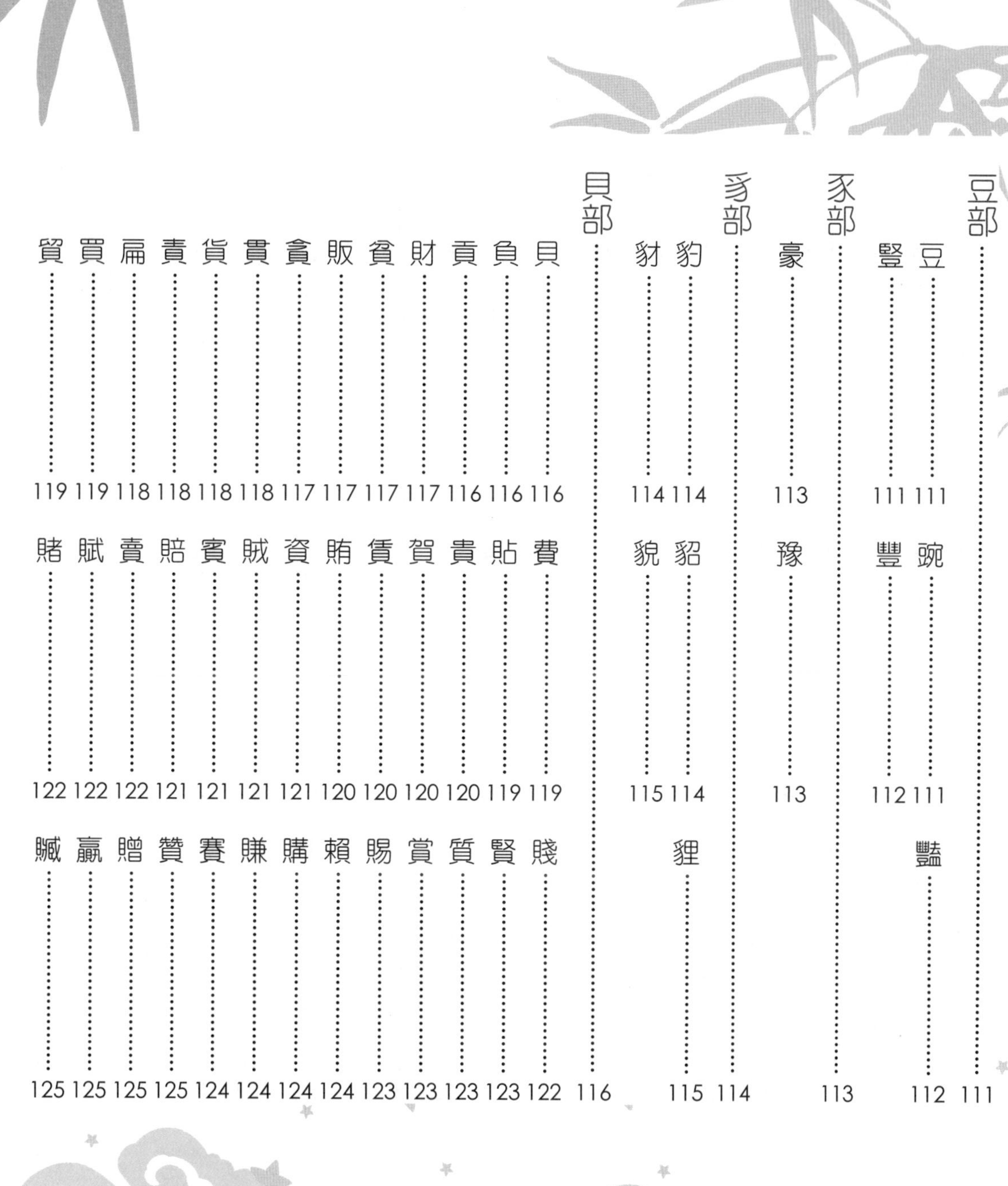

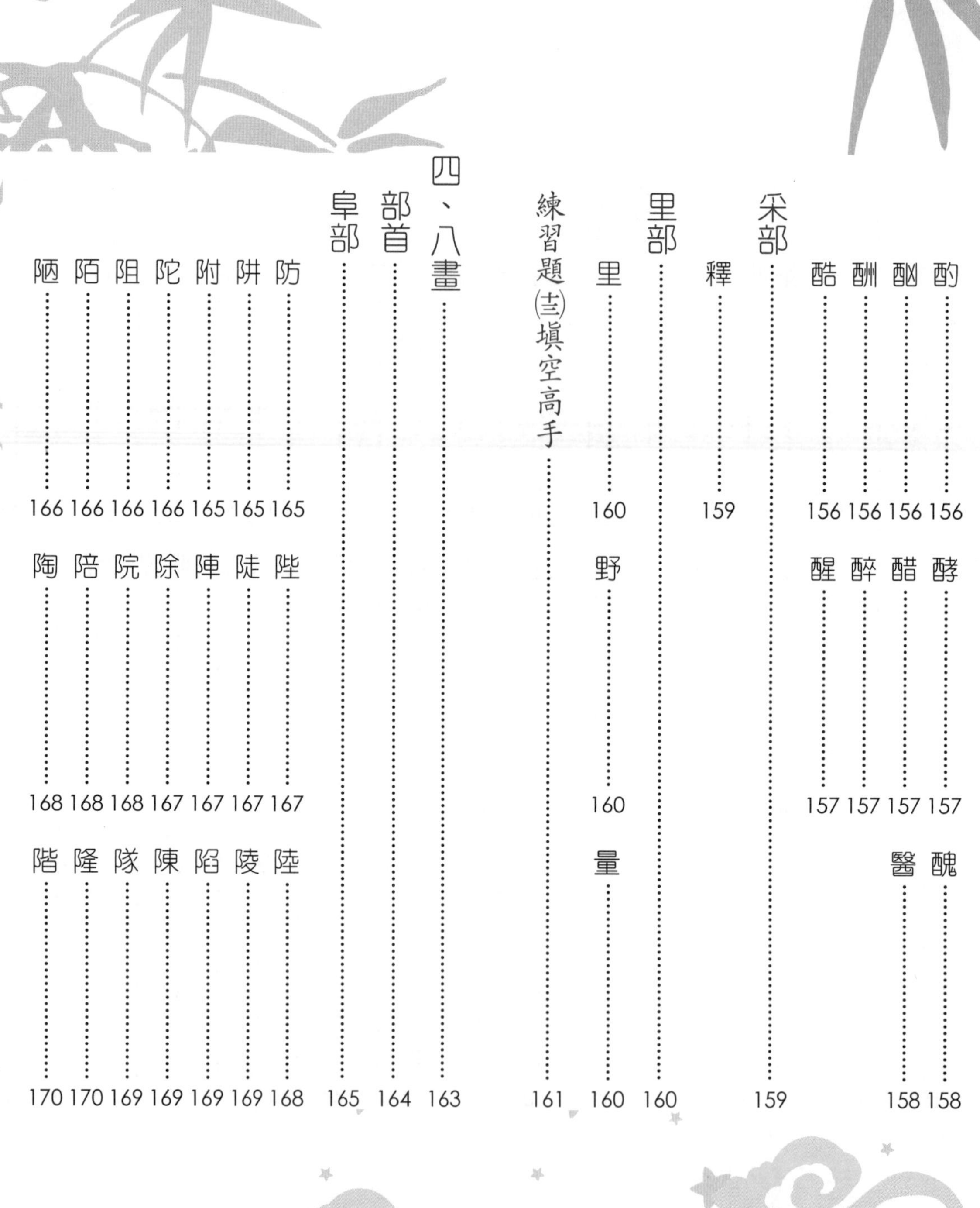

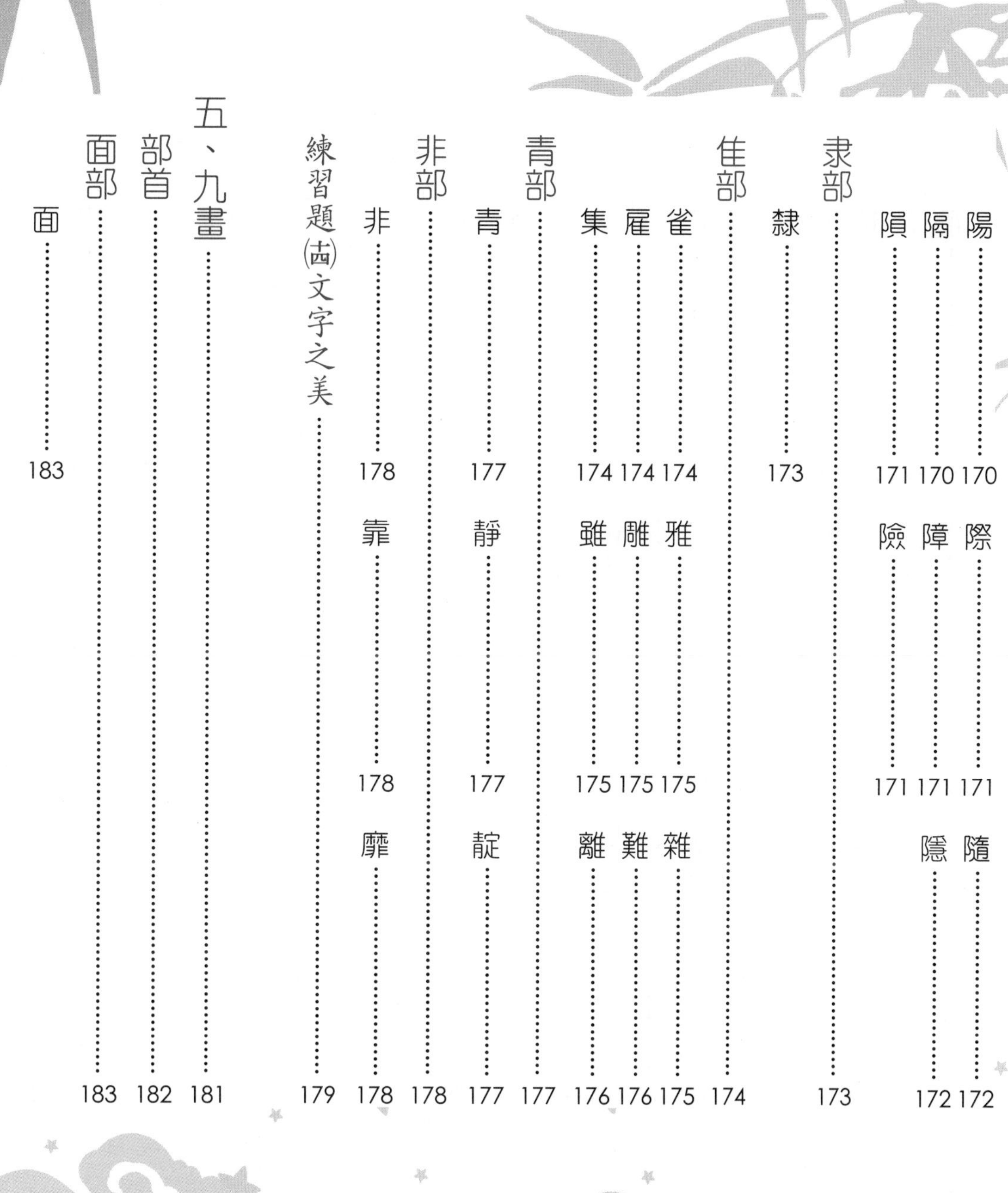

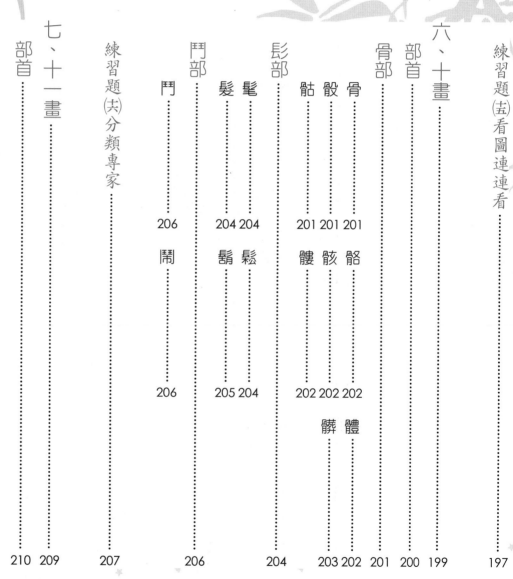

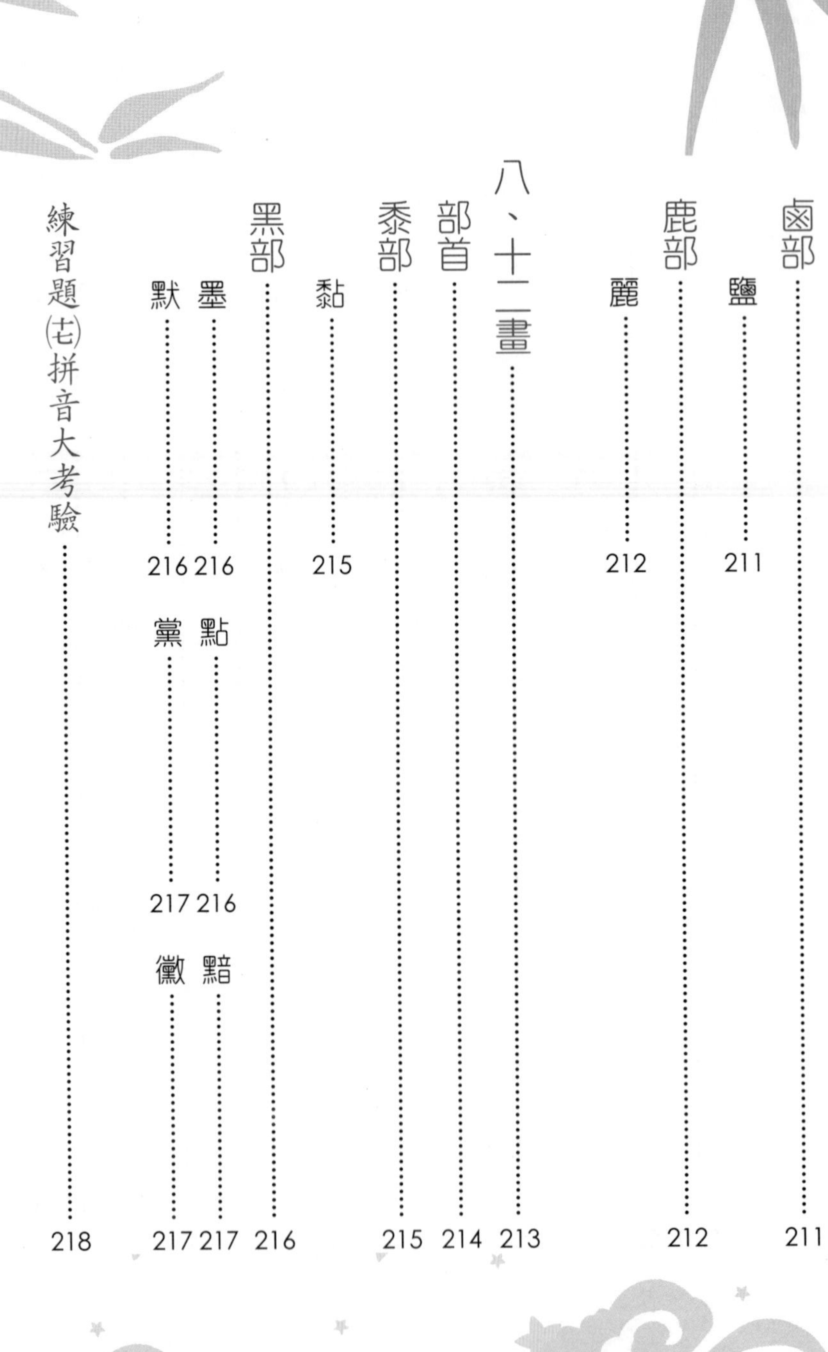

一 五畫

部首	玄	玉	瓜	瓦
發音	xuán	yù	guā	wǎ
意義	black; incredible; deep	jade	melon	tile
字形	玄	玉、⺩	瓜	瓦
例字	玄 率	玫 玻 玲 珍 珊	瓜 瓢 瓣	瓦 瓶 瓷 甄 甕

部首	甘	生	用	疋
發音	gān	shēng	yòng	shū
意義	sweet	give birth to; grow; living	use	elegance; roll; foot
字形	甘	生	用	疋、⺪
例字	甘 甚	生 產 甦	甩 甫 甬 甯	疏 疑

矛	皿	皮	白	癶	部首
máo	mǐn	pí	bái	bō	發音
spear; lance	shallow container; rad	skin; peel; fur; feather	white	legs	意義
矛	皿	皮	白	癶	字形
矛 矜	盈 盎 益 盔 盛	皮 皰 皺	皀 皈 皇 皆 皎	登 發	例字

立	穴	禸	示	矢	部首
lì	xuè	róu	shì	shǐ	發音
stand; establish; set	cave; den; hole	rump	show; manifest	arrow	意義
立	穴	禸	示、礻	矢	字形
立 站 童 端 競	穹 突 穿 窄 窒	禽	祈 祇 祕 祛 祗	矢 知 矩 矯	例字

率		玄	
lǜ; shuài		xuán	
rate; to lead		black; incredible; deep	
效率 xiàolǜ efficiency	率領 shuàilǐng to lead	玄妙 xuánmiào mysterious; abstruse	玄青 xuánqīng black
丶 亠 玄 玄 玄 玄 玄 玄 玄 玄 率		丶 亠 玄 玄 玄	
	率		玄

玫	王	玉
méi	wáng	yù
rose	king	jade
玫瑰 méiguī rose	王子 wángzǐ prince / 王冠 wángguàn crown	玉器 yùqì jadeware / 玉米 yùmǐ corn
一 二 千 王 王' 王' 玠 玫	一 二 千 王	一 二 千 王 玉
玫	王	玉

珊	珍		玲	玻
shān	zhēn		líng	bō
coral	precious; rare		tinkling of jade	glass
珊瑚 shānhú coral	珍惜 zhēnxí cherish	珍珠 zhēnzhū pearl	玲瓏 línglóng finesse	玻璃 bōlí glass
一 二 Ŧ Ŧ 𤣩 玎 玎 珊 珊	一 二 Ŧ Ŧ 𤣩 玠 玠 珍 珍		一 二 Ŧ Ŧ 𤣩 玠 玠 玲 玲	一 二 Ŧ Ŧ 𤣩 玎 玎 玻 玻
珊	珍		玲	玻

球		理		珠	班	
qiú		lǐ		zhū	bān	
ball		reason		bead; pearl	class; team; shift	
球員 qiúyuán ball's player	籃球 lánqiú basketball	理念 lǐniàn idea	道理 dàolǐ principle; sense; reason	珠寶 zhūbǎo jewelry	班級 bānjí class	班次 bāncì number of runs or flights

琢	琴	琳	現	
zhuó	qín	lín	xiàn	
carve	Chinese lute or guitar	gem	appear, manifest	
琢磨 zhuómó cut and polish; ponder	鋼琴 gāngqín piano	琳瑯 línláng assortment	現在 xiànzài now	現金 xiànjīn cash

瑟	瑞		瑕	瑙
sè	ruì		xiá	nǎo
sound of wind	auspicious		flaw	agate
瑟縮 sèsuō cower	祥瑞 xiángruì auspicious sign	瑞士 Ruìshì Switzer-land	瑕疵 xiácī flaw	瑪瑙 mǎnǎo agate

瑤	瑣	瑰	瑪
yáo	suǒ	guī	mǎ
jade	fragments	fabulous	agate
瓊瑤 qióngyáo precious jade	瑣碎 suǒsuì trifling	瑰麗 guīlì beautiful	瑪瑙 mǎnǎo agate

璞	璀	璃	瑩
pú	cuǐ	lí	yíng
uncut jade	shine	glass	bright
璞玉 púyù diamonds in the Rough	璀璨 cuǐcàn bright	玻璃 bōlí glass	晶瑩 jīngyíng sparkling

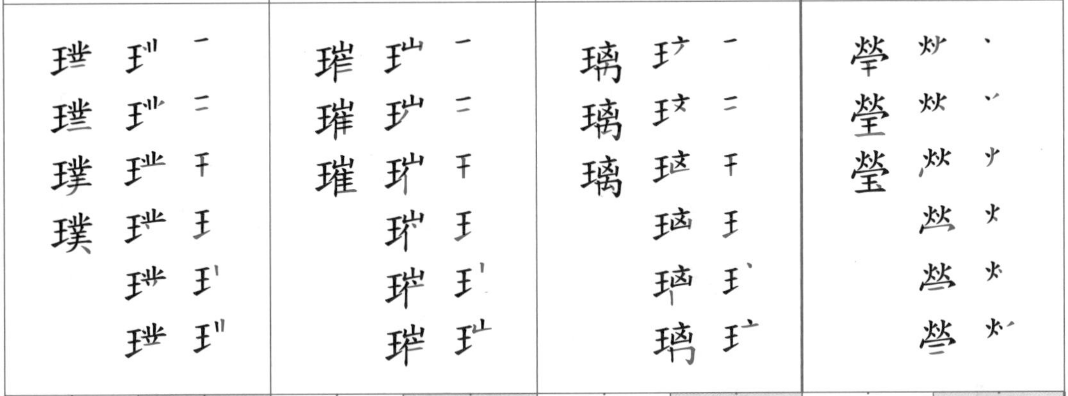

瓊	璽	璧
qióng	xǐ	bì
jade	royal signet	jade
瓊花 qiónghuā viburnum	玉璽 yùxǐ imperial jade seal	璧人 bìrén fine-looking person

瓣	瓢	瓜	
bàn	piáo	guā	
petal	ladle	melon	
花瓣 huābàn petal	水瓢 shuǐpiáo ladle	瓜分 guāfēn to carve up	西瓜 xīguā watermelon
丶 亠 亣 立 立 辛 辛 辛 辛 辛 辛 辡 辡 辡 辡 辡 辡 瓣	一 冖 丙 襾 襾 覀 覀 覀 覀 票 票 票 票 瓢 瓢 瓢 瓢	一 厂 兀 瓜 瓜	
瓣	瓢	瓜	

練習題㈠

看圖連連看

鋼琴

籃球

玫瑰

玉米

皇冠

西瓜

珠寶

瓷		瓶		瓦	
cí		píng		wǎ	
ceramics		bottle		tile	
陶瓷 táocí ceramics		瓶子 píngzi bottle	瓶頸 píngjǐng choke point	瓦片 wǎpiàn tile	瓦斯 wǎsī gas

甕	甄
wèng	zhēn
jug; pot	to distinguish
酒甕 jiǔwèng jug; pot	甄選 zhēnxuǎn to select
甕	甄

甚	甘	
shèn	gān	
even	sweet	
甚至 shènzhì even	甘甜 gāntián sweet	甘心 gānxīn willing
一 十 廾 廾 甘 甘 其 其 甚	一 十 廾 廾 甘	

甦		產		生	
sū		chǎn		shēng	
to recover		to produce		to give birth to; to live; to grow	
甦醒 sūxǐng to regain consciousness	復甦 fùsū to come back to life	產生 chǎnshēng to produce	產品 chǎnpǐn products	生日 shēngrì birthday	生活 shēnghuó life
一 丆 丙 丙 百 更 更 更 甦 甦 甦 甦		丶 亠 亣 文 产 产 产 产 产 产 產		ノ 𠂉 仁 牛 生	

甬	甫	甩
yǒng	fǔ	shuǎi
measure of capacity	just	to fling
甬道 yǒngdào paved path	甫畢 fǔbì ending just a moment ago	甩掉 shuǎidiào to get rid of
甬	甫	甩

甭

béng

not

甭客氣
béng kèqì
you're welcome

一 ㄏ 不 不 丆 丆 否 否 甭

甭

疑		疏	
yí		shū	
doubt; suspicion		to clear away obstruction	
疑問 yíwèn question	懷疑 huáiyí to doubt	疏失 shūshī remissness	疏散 shūsàn to evacuate

發	登
fā	dēng
to send out	to climb

發現 fāxiàn to discover	發抖 fādǒu to shiver	登山 dēngshān to hike	刊登 kāndēng to publish

皇		皈	皂
huáng		guī	zào
emperor		to embrace a religion	soap
皇宮 huánggōng palace	皇后 huánghòu queen	皈依 guīyī to embrace a religion	肥皂 féizào soap
′ ľ 白 白 白 白 皁 皇 皇		′ ľ 白 白 白 白 皀 皈 皈	′ ľ 白 白 白 白 皂
皇		皈	皂

晳	皓	皎	皆
xī	hào	jiǎo	jiē
white skin	white	white; clean	all
白晳 báixī white	皓齒 hàochǐ white teeth	皎潔 jiǎojié bright and clear	皆可 jiēkě all acceptable
一 十 才 木 朩 朽 析 析 析 析 晳 晳 晳	' 亻 白 白 白 白' 皓 皓 皓 皓 皓 皓	' 亻 白 白 白 白` 皎 皎 皎 皎 皎	一 ト ヒ 比 比 比 皆 皆 皆
晳	皓	皎	皆

皚

ăi

pure white

皚皚
ăiăi
snow white

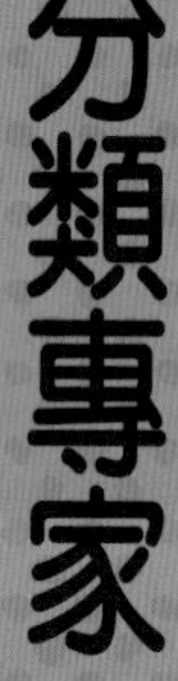

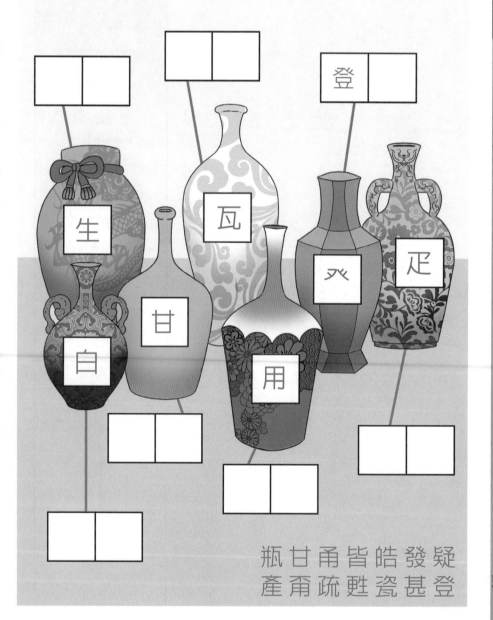

登

生

瓦

癶

疋

甘

自

用

瓶甘甭皆皓發疑
產甭疏甦瓷甚登

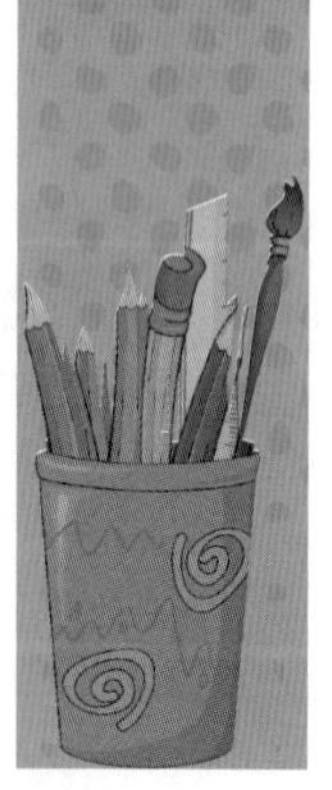

皺	皰	皮	
zhòu	pào	pí	
wrinkle	pimples	skin; peel	
皺紋 zhòuwén wrinkle	面皰 miànpào pimples	皮膚 pífū skin	皮革 pígé leather

盈	盆		盃
yíng	pén		bēi
to be filled with	tub		a cup; a tumbler
盈餘 yíngyú profit	盆栽 pénzāi potting	盆子 pénzi tub	獎盃 jiǎngbēi a cup as a prize
丿 乃 乃 乃 乃 乃 乃 乃 盈	丿 八 分 分 分 分 分 分 盆		一 丆 不 不 不 否 否 否 盃

盈 盆 盃

盛	盔	益	盎
chéng; shèng	kuī	yì	àng
to load; vigorous	helmet	to benefit	abundant
盛飯 chéng fàn to fill a bowl with rice 盛大 shèng dà magnificent	盔甲 kuījiǎ armor	益友 yìyǒu good friend 益處 yìchù benefit	盎然 àngrán abundant
一 厂 万 成 成 成 成 成 成 成 盛	一 ナ 大 大 灰 灰 灰 灰 灰 灰 盔	丶 丷 丷 䒑 关 关 关 关 关 益	丶 冂 口 央 央 央 央 央 央 盎
盛	盔	益	盎

盡	監	盟	盜
jìn	jiān	méng	dào
exhausted; finished	to supervise	oath; vow	to steal; to rob
盡力 jìnlì to try one's best 盡頭 jìntóu end	監督 jiāndū to supervise 監獄 jiānyù jail	盟約 méngyuē covenant 聯盟 liánméng alliance	強盜 qiángdào robber
㇕ ⺕ 彐 肀 聿 聿 聿 聿 聿 聿 盡 盡	一 丅 ㇆ ⼸ 彐 臣 臣 臣 臣 臣 臣 監 監	丨 ⼌ 日 日 明 明 明 明 明 明 明 盟	丶 冫 氵 氵 汐 汐 次 次 盜 盜 盜 盜
盡	監	盟	盜

盪	盤
dàng	pán
to swing; to sway; to wave	plate
動盪 dòngdàng unrest	盤子 pánzi plate

矜	矛
jīn	máo
self-important	lance; spear
矜持 jīnchí restrained	長矛 chángmáo pike; a lance
㇇ マ 龴 予 矛 矛丿 矛人 矛亼 矜	㇇ マ 龴 予 矛
矜	矛

矩	知		矢
jǔ	zhī		shǐ
square	to know		arrow
規矩 guījǔ rule	知道 zhīdào to know	知識 zhīshì knowledge	箭矢 jiànshǐ arrow
ノ ㇐ 𠂉 ⺈ 矢 矢 矢 矩 矩 矩 矩	ノ ㇐ 𠂉 ⺈ 矢 矢 知 知		ノ ㇐ 𠂉 ⺈ 矢
矩	知		矢

矯

jiǎo

to correct

矯正
jiǎozhèng
to correct

矯

練習題(三)

天聲一對

jiān

知

dào

盆

zhòu

máo

盤

盡

盜

皺

jìn

矛

zhī

監

pén

pán

祈	社		示	
qí	shè		shì	
to request; pray	club		to show	
祈禱 qídǎo to pray	社會 shèhuì society	社團 shètuán club	標示 biāoshì sign	示好 shìhǎo to please
丶 ㇇ 礻 礻 礻 礽 祈 祈	丶 ㇇ 礻 礻 礻 社 社		一 二 亍 亓 示	

祖		神		祝		祕	
zǔ		shén		zhù		mì	
ancestors		mind; spirit; gods		to express good wishes		secret	
祖先 zǔxiān ancestors	祖父 zǔfù grandfather	神明 shénmíng gods	神奇 shénqí magical	祝福 zhùfú to bless	祝賀 zhùhè to congratulate	祕方 mìfāng secret recipe	
丶 ㇇ 礻 礻 礻 初 祖 祖 祖		丶 ㇇ 礻 礻 礻 初 神 神 神		丶 ㇇ 礻 礻 礻 初 祝 祝 祝		丶 ㇇ 礻 礻 礻 礼 祕 祕 祕	
	祖		神		祝		祕

祥	票		祐	祠
xiáng	piào		yòu	cí
peace	ticket		to bless	ancestral shrine
祥和 xiánhé peace	支票 zhīpiào check	票價 piàojià the fare	庇祐 bìyòu to bless	祠堂 cítáng ancestral shrine
丶 ラ ネ ネ 衤 衤' 衤' 衤' 衤' 祥	一 ㄏ 亓 襾 覀 覀 覀 覀 票 票		丶 ラ ネ ネ 衤 衤 衤 祐 祐	丶 ラ ネ ネ 衤 衤 祠 祠 祠
祥	票		祐	祠

福	禁	祿	祭
fú	jìn	lù	jì
good fortune	to forbid	happiness; prosperity; salary	to offer sacrifice
幸福 xìngfú happiness; bliss 福利 fúlì welfare	禁忌 jìnjì taboo 禁止 jìnzhǐ to forbid	俸祿 fènglù salary	祭祀 jìsì to offer sacrifices
丶 ㇇ 礻 礻 礻 礻 祀 祀 祀 祁 福 福 福	一 十 才 木 木 村 村 林 林 林 埜 埜 禁 禁	丶 ㇇ 礻 礻 礻 礻 祄 祄 祄 祿 祿 祿	ノ ク 夕 夕 夕 夕 夗 夗 祭 祭 祭 祭

禮	禪	禦	禍
lǐ	chán	yù	huò
gift; manner	meditation	to defend	disasters
禮貌 lǐmào polite 禮物 lǐwù gift	禪師 chánshī Zen master	防禦 fángyù to defend	車禍 chēhuò traffic accident 禍害 huòhài calamity

禱

dǎo

to pray

禱告
dǎogào
to pray

丶 ㇇ 礻 礻 礻一 礻十
礻土 礻圭 礻𡗗 礻𡗗 礻𡗗 礻𡗗
禱 禱 禱 禱 禱 禱

禱

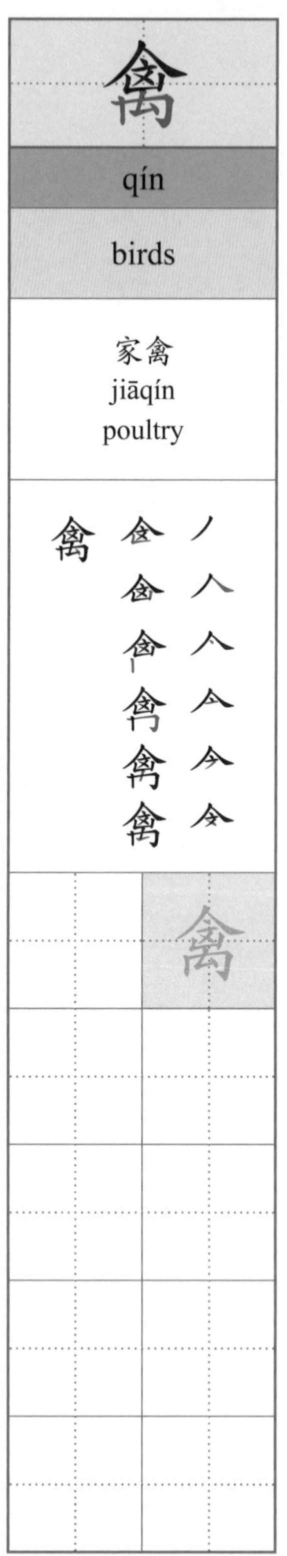

禽

qín

birds

家禽
jiāqín
poultry

禽 丿 人 𠆢 亼 今 今 𠆢 ... 禽

空		究		穴
kōng		jiù		xuè
empty; hollow		to probe		cave
空氣 kōngqì air	空間 kōngjiān space	研究 yánjiù o study; to research	究竟 jiùjìng after all	洞穴 dòngxuè cave
丶 丷 宀 宂 穴 穵 空		丶 丷 宀 宂 穴 穵 究		丶 丷 宀 宂 穴
空		究		穴

窄	穿		突		穹
zhǎi	chuān		tú		qiōng
narrow					sky
狹窄 xiázhǎi narrow	穿戴 chuāndài to wear	穿越 chuānyuè to pass through	突破 túpò to break through	突然 túrán suddenly	蒼穹 cāngqiōng sky
丶 丷 宀 穴 穴 穸 空 窄 窄 窄	丶 丷 宀 穴 穴 空 穵 穿 穿		丶 丷 宀 穴 穴 空 穸 突 突		丶 丷 宀 穴 穴 穸 穹 穹
窄	穿		突		穹

窟	窗	窖	窒
kū	chuāng	jiào	zhì
cave	window	cellar	suffocation
洞窟 dòngkū cave	窗户 chuānghù window	地窖 dìjiào cellar	窒息 zhìxí suffocation

窮		窩		窪	窣
qióng		wō		wā	sù
poor		nest		deep	sound
窮困 qióngkùn poor	窮人 qióngrén poor peo- ple	被窩 bèiwō blanket	窩心 wōxīn feel irri- tated	低窪 dīwā low-lying	窸窣 xīsù sound

竊	竄	竅	窺
qiè	cuàn	qiào	kuī
to steal	to escape	aperture	to peep; to spy
偷竊 tōuqiè to steal	逃竄 táocuàn to escape	訣竅 juéqiào tip	偷窺 tōukuī to peep
竊	竄	竅	窺

童		站		立	
tóng		zhàn		lì	
child		to stand		to stand	
兒童 értóng children	童年 tóngnián childhood	車站 chēzhàn station	站立 zhànlì to stand	立刻 lìkè immedi- ately	立正 lìzhèng to stand at attention
丶 亠 ⺊ 立 立 产 音 音 音 音 章 童		丶 亠 ⺊ 立 立 立 站 站 站 站		丶 亠 ⺊ 立 立	
	童		站		立

競		端	
jìng		duān	
to compete		end; extremity	
競賽 jìngsài competition	競爭 jìngzhēng to compete	端午節 duānwǔ jié Dragon Boat Festival	端正 duānzhèng proper

練習題㈣

拼音大考驗

車禍

競賽

窮人

洞穴

dòngxuè

車禍

窗户

禮物

二
六畫

部首	老	羽	网	缶
發音	lǎo	yǔ	wǎng	fǒu
意義	old	feather	net	jar
字形	老、耂	羽	网、罒、⺱、㓁	缶
例字	考 者	羽 翅 習 翌 翔	罕 置 罩 罪 罰	缸 缺 罄 罈 罌

部首	臣	聿	耒	而
發音	chéng	yù	lěi	ér
意義	minister	writing brush	plow	and; and then; but
字形	臣	聿、⺻	耒	而
例字	臣 臥 臨	肆 肅 肄 肇	耙 耕 耗 耘	耐 耍

艮	舛	臼	至	自	部首
gěn	jié	jiù	zhì	zì	發音
seventh of eight diagrams	oppose	mortar	reach	self	意義
艮	舛	臼	至	自	字形
良 艱	舛 舞	臼 與 興 舉 舊	至 致	自	例字

行	血	虍	色	部首
xíng	xiě	hū	sè	發音
go; walk	blood	tiger	color	意義
行	血	虍	色	字形
行 衍 術 街 衝	血 衅 衊	虔 處 虛 虜 號	色 艷	例字

罈	缺	缸
tán	quē	gāng
an earthen jar	to lack	jar
酒罈 jiǔtán wine jug	缺少 quēshǎo to lack 缺席 quēxí absence	汽缸 qìgāng cylinder
ノ ⺈ 𠂉 午 缶 缶 缶一 缶一 缶冂 缶襾 缶覀 缶覀 罈 罈 罈 罈 罈 罈	ノ ⺈ 𠂉 午 缶 缶 缶フ 缶ユ 缶央 缺	ノ ⺈ 𠂉 午 缶 缶 缶一 缶丅 缸
罈	缺	缸

罐	罌
guàn	yīng
jar	a squat jar with a small mouth
罐子 guànzi jar	罌粟 yīngsù poppy
罐	罌

罩	置		罕
zhào	zhì		hǎn
cover; hood	to place at		rarely
面罩 miànzhào mask	布置 bùzhì to decorate	置產 zhìchǎn to buy property	罕見 hǎnjiàn rare

罵	罷		罰		罪	
mà	bà		fá		zuì	
to condemn	to finish		to punish		crime; guilt	
挨罵 āimà to be scolded	罷免 bàmiǎn to depose	罷手 bàshǒu to stop	處罰 chǔfá to punish	罰金 fájīn fine	犯罪 fànzuì to commit a crime	罪行 zuìxíng crime

羈	羅	
jī	luó	
bridle	net	
羈押 jīyā to detain	張羅 zhāngluó to get busy about	羅盤 luópán compass
羈	羅	

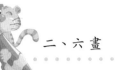

習		翅	羽
xí		chì	yǔ
to practice; to review		wings	feather
練習 liànxí to practice	習慣 xíguàn to be used to	翅膀 chìbǎng wings	羽毛 yǔmáo feather
㇆ ㇆ 习 习㇆ 习习 羽 羽 羽 習 習 習		一 十 支 支 支 支 翅 翅 翅 翅	㇆ ㇆ 习 习㇆ 习习 羽
習		翅	羽

翠		翡	翔	翌
cuì		fěi	xiáng	yì
green		jadeite	to fly	next
翡翠 fěicuì emerald	翠綠 cuìlǜ emerald green	翡翠 fěicuì emerald	飛翔 fēixiáng to fly	翌日 yìrì next day

翹	翼	翱	翩
qiáo; qiào	yì	áo	piān
to raise; outstanding	wing	to soar	to fly swiftly
翹課 qiàokè dismiss the class 翹楚 qiáochǔ leader	小心翼翼 xiǎoxīn yìyì very carefully	翱翔 áoxiáng to soar	翩然 piānrán lightly
一 十 土 … 堯 … 翹	㇆ … 羽 … 翼	ノ … 白 … 皋 … 翱	ノ 厂 户 … 扁 … 翩
翹	翼	翱	翩

耀	翻
yào	fān
to shine	to turn over
榮耀 róngyào glory; 耀眼 yàoyǎn dazzling	翻譯 fānyì to translate

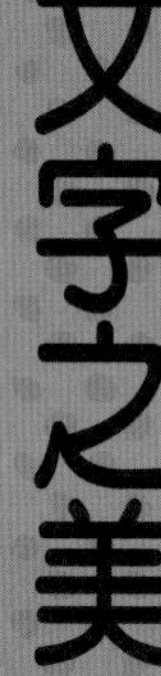

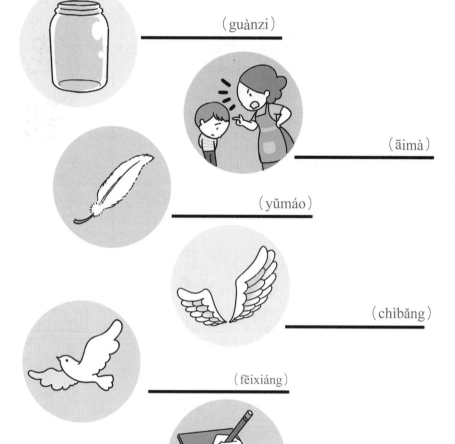

（guànzi）

（āimà）

（yǔmáo）

（chìbǎng）

（fēixiáng）

練習（liànxí）

（chǔfá）

者		考	
zhě		kǎo	
those who		to give an exam	
弱者 ruòzhě the weak	或者 huòzhě or	考核 kǎohé to assess	考試 kǎoshì test
者 者 一 十 土 耂 老 者		一 十 土 耂 老 考	
	者		考

耍	耐	
shuǎ	nài	
to play tricks	to endure	
玩耍 wánshuǎ to play	耐力 nàilì endurance	耐心 nàixīn patience
一 丆 丆 丙 丙 而 耍 耍 耍	一 丆 丆 丙 丙 而 而一 耐 耐	

	耍		耐

耗	耕		耙
hào	gēng		pá
to consume	to plow		harrow
消耗 xiāohào to consume	耕地 gēngdì tillage	耕田 gēng tián to till land	耙子 pázi harrow

耘

yún

to weed

耕耘
gēngyún
cultivation

一 二 三 丰 丰 耒 耒 耓 耘 耘

耘

肇	肅		肆
zhào	sù		sì
to begin	respectful		four
肇事 zhàoshì to cause trouble	嚴肅 yánsù solemn	肅清 sùqīng to eliminate	肆虐 sìnüè to rage
… 肇	… 肅		… 肆
肇	肅		肆

臨		臥		臣	
lín		wò		chén	
near; at		to lie down		courtier	
光臨 guānglín gracing the occasion with your presence	臨時 línshí temporary	臥底 wòdǐ undercover	臥室 wòshì bedroom	臣服 chénfú to obedience to	臣民 chénmín people

自部

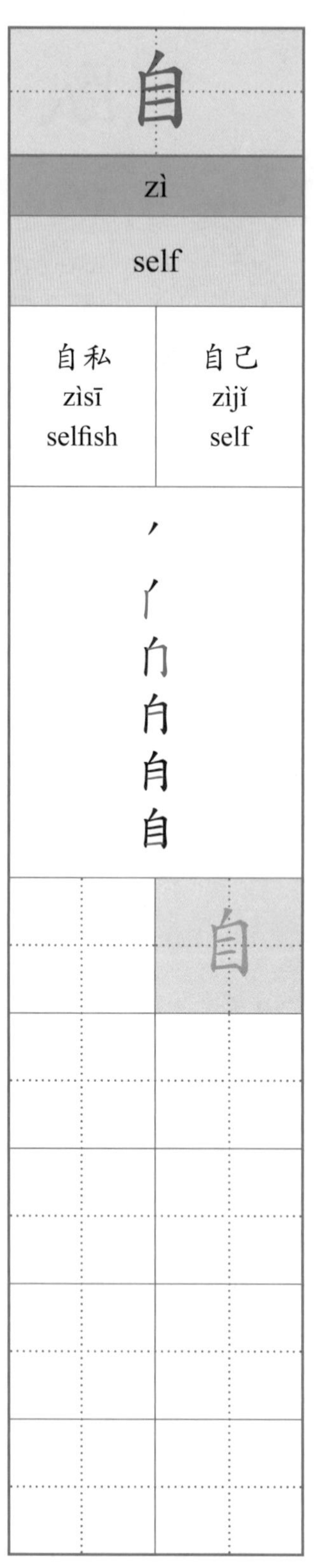
自
zì
self
自私
zìsī
selfish
自己
zìjǐ
self
丿
𠂊
白
自

致		至	
zhì		zhì	
to deliver; to give		until	
導致 dǎo zhì to lead to	致力 zhì lì to be devoted to	至於 zhì yú as for	至少 zhì shǎo at least
一 𠀀 𠫔 𠫓 至 至 到 𦤶 致		一 𠀀 𠫔 𠫓 至 至	
致		至	

練習題㈥

分類專家

老 而 耒 聿

奈

臣 至

臥

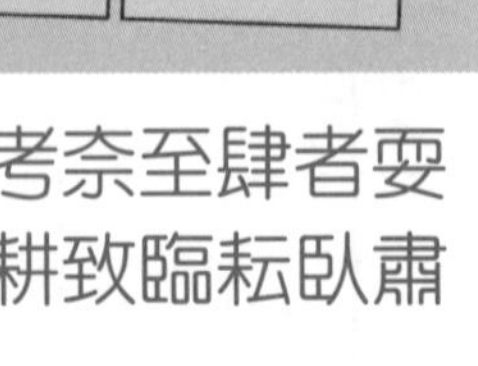

考奈至肆者耍
耕致臨耘臥肅

興	與	臼
xīng ; xìng	yǔ	jiù
to become popular; interest	with	mortar
高興 gāoxìng happy ／ 興盛 xīngshèng	與其 yǔqí rather ... than…	臼齒 jiùchǐ molar tooth
丨 冂 冃 冃 同 同 同 同 同 同 同 同 𦥯 𦥯 興 興	一 卜 丂 㔾 㚐 𠂈 𠂈 𠂈 𦥑 𦥑 𦥑 𦥑 與 與	ノ 亻 𠆢 臼 臼 臼
興	與	臼

舊		舉	
jiù		jǔ	
past; old		to raise	
老舊 lǎojiù old	舊友 jiùyǒu old friend	選舉 xuǎnjǔ election	舉手 jǔshǒu to raise one's hand
舊		舉	

舞

wǔ

to dance

舞蹈 wǔdào dance	跳舞 tiàowǔ to dance

丿 𠂉 𠂉 乍 乍 乍 無 無 無 舞 舞 舞 舞 舞

舞

艱	良	
jiān	liáng	
difficult	good; virtuous	
艱難 jiānnán difficult; hard	善良 shànliáng kindhearted	良好 liánghǎo good; fine
一 十 廾 廿 廿 苦 苫 苫 荁 堇 菓 菓 莫 莫 莫 莫 艱	丶 ㇇ ㇌ 彐 ⺕ 良 良	
艱	良	

艷	色	
yàn	sè	
colorful	color	
艷麗 yàn lì gorgeous	臉色 liǎn sè facial ex- pression	色彩 sècǎi color
	ノ ㇇ 𠂊 𠂉 ⺈ 色	
艷	色	

虛		處		虔	
xū		chù		qián	
empty; weak		place; to get along with		sincere	
虛弱 xūruò weak	虛幻 xūhuàn unreal	處理 chùlǐ to deal with	到處 dàochù everywhere	虔誠 qiánchéng piety	
丨 ⺊ ⺊ 广 广 虍 虍 虍 虍 虍 虍 虛		丨 ⺊ ⺊ 广 广 虍 虍 虍 虍 虍 處		丨 ⺊ ⺊ 广 广 虍 虍 虍 虍 虔	
	虛		處		虔

虧		號		虜
kuī		hào		lǔ
loss		sign; number		to take prisoner
吃虧 chīkuī to suffer losses	虧損 kuīsǔn loss; deficit	號碼 hàomǎ number	號令 hàolìng to command	俘虜 fúlǔ captive
丶 ⺊ 上 广 卢 虍 虍 虍 虍 虍 虍 虛 虧 虧 虧 虧 虧		丶 口 口 口 号 号 號 號 號 號 號 號 號		丶 ⺊ 上 广 卢 虍 虍 虍 虍 虍 虍 虜 虜
虧		號		虜

衊	血
miè	xiě
to slander	blood
汙衊 wūmiè to slander	流血 liúxiě to bleed

術		衍	行	
shù		yǎn	xíng	
skill; art		to develop; to evolve	to go; to do	
魔術 móshù magic	技術 jìshù technique	衍生 yǎnshēng derive	行政 xíngzhèng administration	行人 xíngrén passer-by
丿 彡 彳 彳 犭 犭 犭 犭 犭 術		丿 彡 彳 彳 彳 彳 衍 衍 衍	丿 彡 彳 彳 彳 行	
	術	衍		行

衡	衛	衝	街
héng	wèi	chōng	jiē
to measure; to judge	to defend; to guard	to direct toward	street
平衡 pínghéng balance 衡量 héngliáng to measure	防衛 fángwèi to defend 衛生 wèishēng hygiene	衝動 chōngdòng impulse 衝突 chōngtú conflict	逛街 guàngjiē to go window-shopping

練習題(七)

填空高手

齒	跳	手
高	流	魔

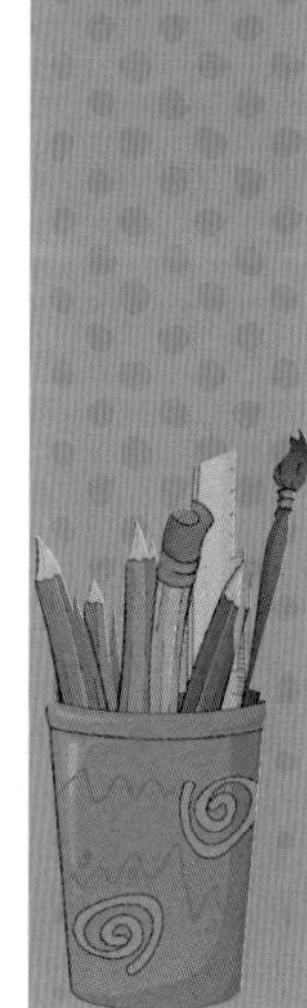

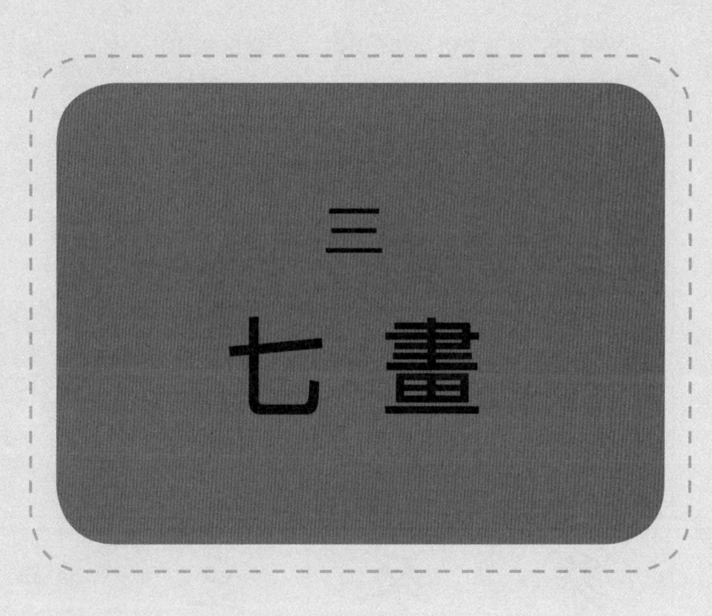
三
七畫

谷	言	角	見	部首
gŭ	yán	jiăo	jiàn	發音
valley	words; speech	horn; angle; corner	to see; to meet	意義
谷	言	角	見	字形
谷 谿	訃 訂 計 討 記	解 觸	見 視 親 覬 覽	例字

貝	豸	豕	豆	部首
bèi	zhì	shĭ	dòu	發音
sea shell	insects	pig	beans	意義
貝	豸	豕	豆	字形
負 貞 貢 財 貧	豹 豺 貂 貌 貍	豪 豫	豈 豎 豌 豐 豔	例字

辵	辰	辛	走	赤	部首
chuó	chén	xīn	zǒu	chì	發音
to run	early morning	bitter; toilsome	to walk	red	意義
辵 辶 辶	辰	辛	走	赤	字形
返近迎迫迪	辰辱農	辜辦辯辭	超趁趕趨趣	赤赦赫	例字

里	采	酉	邑	部首
lǐ	cǎi	yǒu	yì	發音
unit of distance	to collect	10th terrestrial branch	area, district	意義
里	采	酉	邑 阝	字形
里野量	采釋	酌酗酣酥酬	邸郎郊郡部	例字

親		視		見	
qīn		shì		jiàn	
parents		to look at		to see; to meet	
親吻 qīnwěn to kiss	親人 qīnrén family members	監視 jiānshì to monitor	視力 shìlì sight	看見 kànjiàn to see	見面 jiànmiàn to meet
丶 亠 ⺦ 立 立 立 辛 辛 亲 亲 新 新 新 新 新 親		丶 ㇇ 礻 礻 礻 礻 礻 礻 礻 礻 視		丨 冂 月 月 目 貝 見	
	親		視		見

觀	覽	覬
guān	lǎn	jì
to observe	to view	to covet
觀眾 guānzhòng audience 觀念 guānniàn concept	導覽 dǎolǎn tour 展覽 zhǎnlǎn exhibition	覬覦 jìyú to covet;
觀	覽	覬

觸	解	
chù	jiě	
to touch	to untie; to understand	
觸摸 chùmō to touch	了解 liǎojiě to under- stand	解決 jiějué to solve
ノ ⺈ ⺈ 角 角 角 角 角 角' 角冖 角罒 角罒 角罒 角罒 觸 觸 觸 觸 觸	ノ ⺈ ⺈ 角 角 角 角 角 角ㄱ 角刀 角刀 角刀 角刀 解	

練習題(八)

拼音大考驗

觸摸 chùmō
觀眾
見面
親吻
展覽
親人

訂		訃	言	
dìng		fù	yán	
to subscribe		obituary	speech; word	
校訂 jiàodìng revision	訂單 dìngdān order	訃聞 fùwén obituary	方言 fāngyán dialect	言論 yánlùn speech statement
丶 亠 亠 亖 亖 言 言 言一 訂		丶 亠 亠 亖 亖 言 言 訁丨 訃	丶 亠 亠 亖 亖 言 言	
	訂		訃	言

訊		記		討		計	
xùn		jì		tǎo		jì	
information		to remember; to memorize		to ask for		to count	
視訊 shìxùn webcam video	訊息 xùnxí message	筆記 bǐjì notes	記得 jìdé to remember	討厭 tǎoyàn to hate	討好 tǎohǎo to please	計畫 jìhuà plan	計謀 jìmóu strategy
丶 亠 亠 亠 言 言 言 訁 訊 訊		丶 亠 亠 亠 言 言 言 訁 記 記		丶 亠 亠 亠 言 言 言 訁 討 討		丶 亠 亠 亠 言 言 言 訁 計	
	訊		記		討		計

設		許		訪		訓	
shè		xǔ		fǎng		xùn	
to plan; to establish		to allow		to visit		to teach; to train	
設備 shèbèi equipment	設計 shèjì to design	也許 yěxǔ maybe	許可 xǔkě permission	拜訪 bàifǎng to visit	訪問 fǎngwèn to inter-view	教訓 jiàoxùn to teach someone a lesson	訓練 xùnliàn to train
言 言 訁 訍 設	丶 亠 亠 亠 言 言 言	言 言 訁 許 許	丶 亠 亠 亠 言 言 言	言 言 訁 訪 訪	丶 亠 亠 亠 言 言 言	言 訁 訓 訓	丶 亠 亠 亠 言 言 言
	設		許		訪		訓

詐	評		訝	訟
zhà	píng		yà	sòng
to cheat	to judge; to review		to be surprised	to litigate
詐騙 zhàpiàn to defraud	批評 pīpíng to criticize	評估 pínggū	驚訝 jīngyà to be surprised	訴訟 sùsòng litigation
丶 亠 亡 言 言 言 言 訁 訂 許 詐 詐	丶 亠 亡 言 言 言 言 訁 訂 訂 訐 評		丶 亠 亡 言 言 言 言 訁 訂 訝 訝	丶 亠 亡 言 言 言 言 訁 訁 訟 訟

詞		詛	註	診	
cí		zǔ	zhù	zhěn	
term; words		to curse	to annotate	to diagnose	
詞語 cíyǔ words and expressions	詞典 cídiǎn dictionary	詛咒 zǔzhòu to curse	備註 bèizhù annotation	診斷 zhěnduàn to diag-nose	診所 zhěnsuǒ clinic

	詞		詛		註		診

誇		詭		該	訴	
kuā		guǐ		gāi	sù	
to exaggerate		strange		should	to tell	
自誇 zìkuā to boast	誇張 kuāzhāng exaggerated	詭異 guǐyì strange	詭計 guǐjì cunning scheme	應該 yīnggāi should	告訴 gàosù to tell	訴求 sùqiú request

詩	誠		詳	話	
shī	chéng		xiáng	huà	
poetry	sincere; honest		detailed	speeches; talks	
詩人 shīrén poet	眞誠 zhēnchéng sincere	誠實 chéngshí honest	詳細 xiángxì detailed	電話 diànhuà phone	說話 shuōhuà to talk
詩	誠		詳	話	

誘	認		誓	試	
yòu	rèn		shì	shì	
to lure	to recognize; to admit		to vow	to try; to test	
引誘 yǐnyòu to seduce	承認 chéngrèn to admit	認爲 rènwéi to consider	發誓 fāshì to vow	考試 kǎoshì test	試探 shìtàn to sound out
誘	認		誓	試	

調	誕	語	誤
tiáo; diào	dàn	yǔ	wù
to mix; to adjust	birth	language	error
調查 diàochá to investigate 調解 tiáojiě to mediate	聖誕節 shèngdànjié Christmas 誕生 dànshēng to born	英語 yīngyǔ English 語言 yǔyán language	錯誤 cuòwù mistake 誤會 wùhuì misunderstanding
、 亠 亠 亠 言 言 言 訁 訂 訂 訂 訂 調 調 調	、 亠 亠 亠 言 言 言 訁 訁 訁 訁 訁 誕 誕 誕	、 亠 亠 亠 言 言 言 訁 訂 訂 語 語 語 語	、 亠 亠 亠 言 言 言 訁 訁 訁 訁 訁 誤 誤

諂	課		論		談
xiàn	kè		lùn		tán
to toady	lesson		to discuss		to talk
誣陷 wūxiàn to frame up	上課 shàngkè to go to class	課程 kèchéng course	評論 pínglùn commentary	論文 lùnwén essay	談話 tánhuà to talk
丶 亠 亠 言 言 言 言 訁 訁 訁 訁 訁 諂 諂 諂	丶 亠 亠 言 言 言 言 訁 訁 訁 訁 訁 課 課 課		丶 亠 亠 言 言 言 言 訁 訁 訁 訁 訁 論 論 論		丶 亠 亠 言 言 言 言 訁 訁 訁 訁 訁 談 談 談
諂	課		論		談

諱	諾	謀	誼
huì	nuò	móu	yí
taboo; forbidden word	to promise	plan; scheme	friendship
忌諱 jìhuì taboo	承諾 chéngnuò promise	陰謀 yīnmóu conspiracy 謀略 móulüè strategy	友誼 yǒuyí friendship
丶 亠 亠 亖 言 言 言 訁 訁 訁 訁 訁 諱 諱 諱 諱	丶 亠 亠 亖 言 言 言 訁 訁 訁 訁 訁 諾 諾 諾 諾	丶 亠 亠 亖 言 言 言 訁 訁 訁 訁 訁 謀 謀 謀 謀	丶 亠 亠 亖 言 言 言 訁 訁 訁 訁 訁 誼 誼 誼
諱	諾	謀	誼

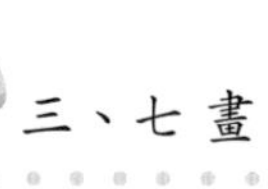

謗	謂	諮	諧
bàng	wèi	zī	xié
to slander	meaning; sense	to consult	harmony
誹謗 fěibàng to slander	無所謂 wúsuǒwèi don't mind	諮詢 zīxún to consult	和諧 héxié harmony
謗	謂	諮	諧

謠	謙	講	謎
yáo	qiān	jiǎng	mí
rumor	modest	to talk	riddle
造謠 zàoyáo to start a rumor; 謠言 yáoyán rumor	謙虛 qiānxū modest	演講 yǎnjiǎng to give a speech; 講話 jiǎnghuà to talk	猜謎 cāimí to answer a riddle; 謎語 míyǔ riddle
丶 亠 亠 亠 言 言 言 言 訁 訁 訁 訁 謠 謠 謠 謠 謠	丶 亠 亠 亠 言 言 言 言 訁 訁 訁 訁 謙 謙 謙 謙 謙	丶 亠 亠 亠 言 言 言 言 訁 訁 訁 訁 講 講 講 講 講	丶 亠 亠 亠 言 言 言 言 訁 訁 訁 訁 謎 謎 謎 謎 謎
謠	謙	講	謎

證		謹	謬	謾
zhèng		jǐn	miù	màn
to prove		careful	wrong; false	to scorn
證明 zhèngmíng to prove	證人 zhèngrén witness	謹慎 jǐnshèn careful	荒謬 huāngmiù ridiculous	謾罵 mànmà to scorn and scold
證 訟 言 丶 訟 訁 亠 訡 訁 亠 訡 訁 亠 訡 訁 言 訡 訁 言		訐 言 丶 詁 訁 亠 詌 訁 亠 詌 訁 亠 謹 訁 言 謹 訁 言	訒 言 丶 訒 訁 亠 謬 訁 亠 謬 訁 亠 謬 訒 言 謬 訒 言	謁 言 丶 謁 訁 亠 謁 訁 亠 謁 訁 亠 謾 訁 言 謾 訁 言
證		謹	謬	謾

議		警		譬	識	
yì		jǐng		pì	shì	
suggestion; opinion		to caution; to warn		example	to know; to recognize	
會議 huìyì meeting	建議 jiànyì to suggest	警察 jǐngchá police	警告 jǐnggào warning	譬喻 pìyù metaphor	認識 rènshì to know	知識 zhīshì knowledge

議 警 譬 識

讓	變	護	譯
ràng	biàn	hù	yì
to allow; to give way to	to become; to transform	to protect	translation
讓步 ràngbù to yield	改變 gǎibiàn to change 變化 biànhuà change	保護 bǎohù to protect 護士 hùshì nurse	翻譯 fānyì to translate
讓	變	護	譯

讚

zàn

to praise

稱讚
chēngzàn
to praise

訁	訁	訁	丶
訁	訁	訁	亠
訁	訁	訁	亠
訁	訁	訁	言
讚	訁	訁	言
讚	訁	訁	言

讚

練習題(九)

看圖連連看

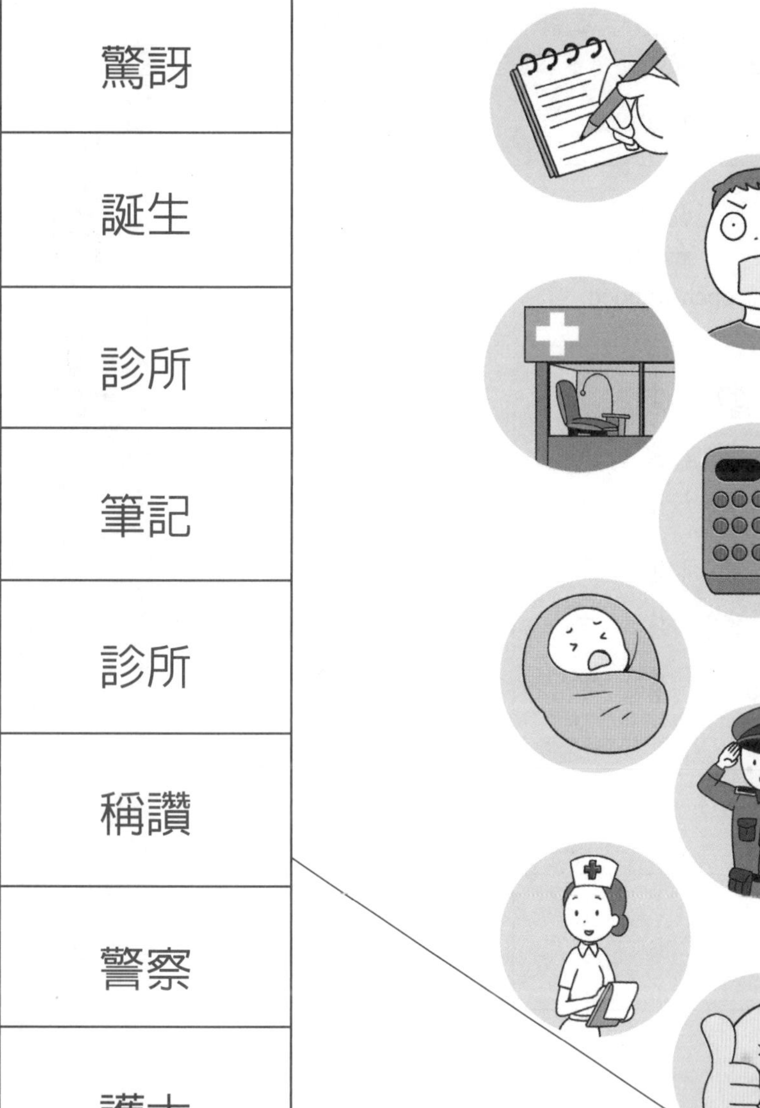

豁	谷
huò	gǔ
clear; open	valley
豁達 huòdá open-minded	山谷 shāngǔ valley
丶 丷 宀 宀 宀 宇 宔 宔 害 害 害 害 害 豁 豁 豁 豁	㇒ 八 亼 仌 仌 谷 谷
豁	谷

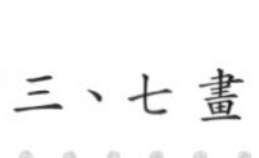

豌	豎	豆
wān	shù	dòu
pea	vertical; upright	beans
豌豆 wāndòu pea	豎立 shùlì to rise	豆子 dòuzi beans

豌	豎	豆

豔	豐	
yàn	fēng	
colorful	abundant	
豔麗 yànlì gorgeous	豐富 fēngfù abundant	豐滿 fēngmǎn plentiful

豔 豐

豫	豪	
yù	háo	
comforts	luxury; big	
猶豫 yóuyù to hesitate	豪華 háohuá luxury	豪爽 háoshuǎng forthright
豫	豪	

貂	豺	豹
diāo	chái	bào
marten	jackal	leopard
貂皮 diāopí mink	豺狼 cháiláng evil people	獵豹 lièbào leopard
丿 ⺈ 𠂊 豸 豸 豸 豸 豸𠃌 豸刀 豸刀 貂 貂	丿 ⺈ 𠂊 豸 豸 豸 豸 豸一 豺 豺	丿 ⺈ 𠂊 豸 豸 豸 豸 豸丿 豹 豹
貂	豺	豹

貍	貌	
lí	mào	
raccoon	facial appearance	
貍貓 límāo Civet cats	禮貌 lǐmào polite	外貌 wàimào appearance
丿 ⺈ ⺈ 乡 豸 豸 豸 貃 貃 貃 貃 貍 貍	丿 ⺈ ⺈ 乡 豸 豸 豸 豸 豹 豹 貃 貌 貌	
貍	貌	

貢		負		貝
gòng		fù		bèi
to pay tribute		to bear; to lose		shell
貢獻 gòngxiàn contribution	貢品 gòngpǐn tribute	欺負 qīfù to bully	負責 fùzé to be respon- sible for	貝殼 bèiké shell
一 丅 工 𢀖 𢀙 𢀚 百 百 貢 貢		ノ ⺈ ⺈ 角 角 角 自 負 負		丨 冂 冃 月 目 貝 貝
貢		負		貝

貪	販	貧	財	
tān	fàn	pín	cái	
greedy	to sell	poor	money	
貪心 tānxīn greedy	販賣 fànmài to sell	貧窮 pínqióng poor	發財 fācái to become rich	財產 cáichǎn property
ノ 人 亼 今 今 今 貪 貪 貪 貪 貪	丨 冂 月 月 目 貝 貝 貝 貝 販 販	ノ 八 分 分 分 分 貧 貧 貧 貧 貧	丨 冂 月 月 目 貝 貝 貝 財 財	
貪	販	貧	財	

扁	責		貨	貫	
biǎn	zé		huò	guàn	
flat	duty		cargoes	to go through	
扁平 biǎnpíng flat	責備 zébèi to blame	責任 zérèn responsi- bility	貨物 huòwù cargoes	連貫 liánguàn coherent	貫通 guàntōng to go through
一 厂 戶 戶 戶 扂 扁 扁 扁	一 = 丰 主 丰 青 青 青 青 青 責		丿 亻 亻 化 化 化 化 化 化 貨	乚 口 吅 毌 毌 毌 貫 貫 貫 貫 貫	

貼		費		貿		買	
tiē		fèi		mào		mǎi	
to paste; to stay close to		expenses; to use; to waste		to trade		to buy	
貼近 tiējìn to stay close to	貼紙 tiēzhǐ sticker	花費 huāfèi to cost	費用 fèiyòng fees	貿然 màorán rashly; hastily	貿易 màoyì trade; business	採買 cǎimǎi to purchase	買票 mǎipiào to buy a ticket
丨 冂 月 月 目 貝 貝 貝| 貝卜 貼 貼		一 ㇇ 弓 弗 弗 弗 弗 弗 費 費 費 費		㇀ 𠃊 ⺁ 𠂎 𠂎 𠂎 𠂎 𠂎 貿 貿 貿 貿		丶 冖 冂 罒 罒 罒 罒 罒 買 買 買 買	
	貼		費		貿		買

賄	賃	賀	貴	
huì	lìn	hè	guì	
bribe	to rent	to congratulate	expensive	
賄賂 huìlù bribery	租賃 zūlìn to rent	祝賀 zhùhè to congratulate	昂貴 ángguì expensive	珍貴 zhēnguì rare; valuable

賠		賓	賊	資	
péi		bīn	zéi	zī	
to compensate		guest	thief	money; information	
賠不是 péibúshì to apologize	賠償 péicháng to compensate	賓客 bīnkè guest	賊人 zéirén thief	車資 chēzī a fare for a vehicle ride	資訊 zīxùn information
丨 冂 月 月 目 貝 貝 貝` 貝亠 貝亠 貝亠 貝立 貝立 賠 賠		丶 丷 宀 宀 宀 宀 宀 宀 宀 宀 宀 宀 賓 賓	丨 冂 月 月 目 貝 貝 貝一 貝一 貝厂 賊 賊 賊	丶 冫 冫 冫 冫 次 次 次 次 次 次 次 資	
	賠	賓	賊		資

賤	賭		賦	賣
jiàn	dǔ		fù	mài
low-priced	to gamble		to endow with	to sell
卑賤 bēijiàn lowly	打賭 dǎdǔ to bet	賭徒 dǔtú gambler	天賦 tiānfù innate	買賣 mǎimài business

賜	賞	質		賢
sì	shǎng	zhí		xián
gift; to give	to bestow	nature; quality; hostage		able and virtuous
賜予 sìyǔ to bestow	欣賞 xīnshǎng to admire	人質 rénzhí hostage	質量 zhíliàng quality	賢明 xiánmíng wise and able
賜	賞	質		賢

賽	賺	購	賴	
sài	zhuàn	gòu	lài	
competition	to make a profit	to purchase	to depend on	
競賽 jìngsài competition	賺錢 zhuànqián to make money	購買 gòumǎi to buy	信賴 xìnlài to trust	賴皮 làipí rascally

贓	贏	贈		贊	
zāng	yíng	zèng		zàn	
stolen goods	to win	to present		to support	
贓物 zāngwù stolen goods	贏家 yíngjiā winner	贈品 zèngpǐn gift; present	贈送 zèngsòng to present	贊成 zànchéng to agree with	贊助 zànzhù to sponsor

贓	贏	贈	贊

贗	贖	
yàn	shú	
counterfeit	to redeem	
贗品 yànpǐn counterfeit	贖罪 shúzuì to atone for one's crime	贖金 shújīn ransom money

贖 贗

練習題(十)

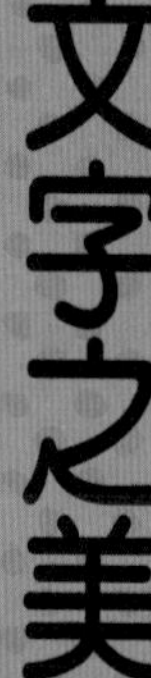

shāngǔ

diāopí 貂皮

bèiké

jìngsài

huòwù

fācái

rénzhí

赫		赦	赤
hè		shè	chì
conspicuous		pardon	red; bare
赫兹 hèzī hertz	赫赫 hèhè grand	特赦 tèshè amnesty	赤裸 chìluǒ naked

趕	趁	超
gǎn	chèn	chāo
to catch up	to take advantage of	to exceed
趕忙 gǎnmáng to hurry 趕走 gǎnzǒu drive away	趁機 chènjī to take advantage of an opportunity	超過 chāoguò to exceed 超市 chāoshì supermarket
一 十 土 キ キ 未 走 赱 赶 赶 赶 赶 趕 趕	一 十 土 キ キ 未 走 赱 赱 趁 趁 趁	一 十 土 キ キ 未 走 起 起 起 超 超

走部

趨	趣	
qū	qù	
to hasten; to tend towards	interest	
趨勢 qūshì trend	興趣 xìng qù interest	有趣 yǒuqù interesting

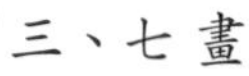

辦		辜		辛
bàn		gū		xīn
to deal with		guilt; crime		toilsome
辦公事 bàngōngshì office	辦法 bànfǎ way	無辜 wúgū innocent	辜負 gūfù to disap- point	辛苦 xīnkǔ toilsome
、 亠 亠 立 立 立 辛 ... 辦		一 十 十 古 古 古 古 ... 辜		、 亠 亠 立 立 立 辛
辦		辜		辛

辭		辯
cí		biàn
diction; to dismiss		to argue
辭職 cízhí to quit one's job	言辭 yáncí words	辯論 biànlùn to debate

農		辱
nóng		rù
agriculture		to insult; to humiliate
農田 nóngtián farmland	農夫 nóngfū farmer	侮辱 wǔrù to insult
丶 口 曰 由 曲 曲 曲 𠔉 𠔉 𠔉 𠔉 農 農		一 厂 𠂇 𠂇 𠂇 𠂇 辰 辰 辱 辱
農		辱

練習題㈩

分類專家

赤超辦辱趨農赫辜

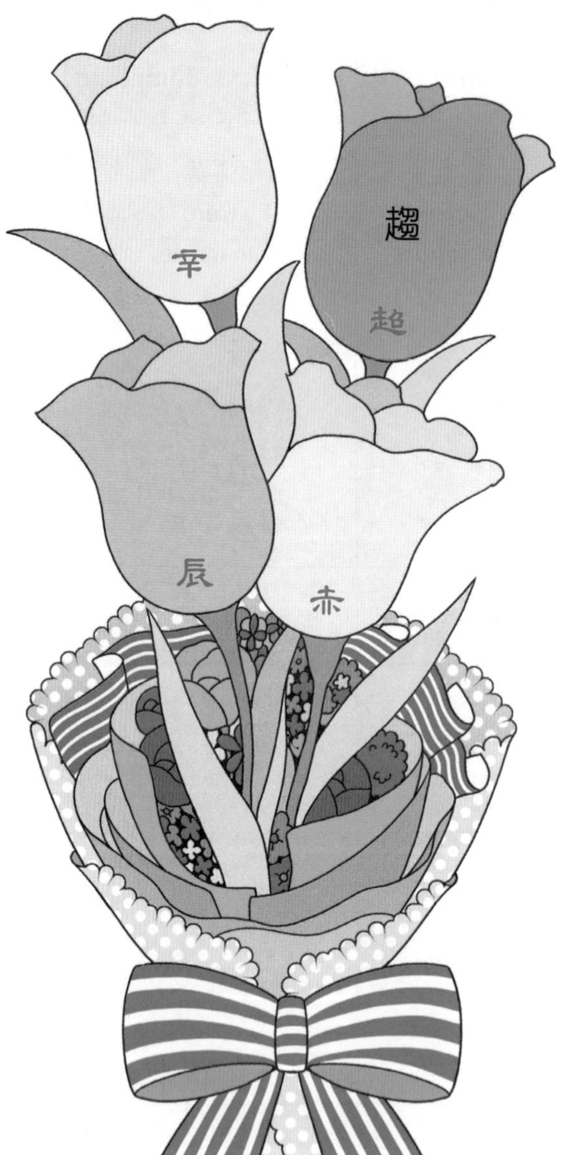

迅	巡		迄
xùn	xún		qì
fast	to patrol		up to; till
迅速 xùnsù fast	巡邏 xúnluó to patrol	巡迴 xúnhuí to make a circuit of	迄今 qìjīn up to now
迅 丨 几 卂 ˋ卂 讯 讯	巡 く 巛 巛 ˋ巛 巡 巡		迄 丿 𠂉 乞 ˋ乞 讫 讫

迎	近		返	迂
yíng	jìn		fǎn	yū
to receive or greet	close; near		to return	winding; circuitous
歡迎 huānyíng to welcome	附近 fùjìn nearby	近況 jìnkuàng current situation	返回 fǎnhuí to return	迂迴 yūhuí circuitous
′ ╒ 𠂎 卬 ⺀卬 氵卬 讠卬 迎	′ 厂 斤 斤 ⺀斤 氵斤 讠斤 近		一 厂 万 反 ⺀反 氵反 讠反 返	一 二 于 ⺀于 氵于 讠于 迂
迎	近		返	迂

迷	述	迪	迫
mí	shù	dí	pò
to be confused; fan	to narrate; to state	to progress; to teach	to compel; urgent
歌迷 gēmí fan 迷路 mílù to lose one's way	敘述 xùshù to narrate	啓迪 qǐdí to inspire	急迫 jípò urgent 強迫 qiángpò to force
丶 丷 䒑 半 米 米 迷 迷 迷 迷	一 十 才 木 朮 朮 述 述 述	丨 口 日 由 由 由 迪 迪 迪	ノ 亻 白 白 白 白 迫 迫 迫
迷	述	迪	迫

迴	逆	退		逃	
huí	nì	tuì		táo	
to circle; to rotate	to go against	to move backward		to run away	
輪迴 lúnhuí transmigration	逆境 nìjìng adversity	退步 tuìbù to regress	退學 tuìxué to drop out	逃避 táobì to evade	逃走 táozǒu to run away
丨 冂 冂 冋 回 回 ⻌回 迴 迴 迴	丶 丷 丷 䒑 屰 屰 ⻌屰 逆 逆 逆	㇇ ヨ ヨ 艮 艮 艮 ⻌艮 退 退 退		丿 丿 丬 兆 兆 兆 ⻌兆 逃 逃 逃	
迴	逆	退		逃	

逗		逢	送		追	
dòu		féng	sòng		zhuī	
to tease		to come across	to send		to chase after; to pursue	
逗留 dòuliú to linger	逗弄 dòunòng to tease	重逢 chóngféng to have a reunion	送禮 sònglǐ to give a gift	送別 sòngbié see some-one off	追究 zhuījiù to investi-gate	追趕 zhuīgǎn to chase

連	通	途	透
lián	tōng	tú	tòu
to link	through	road; way	to penetrate; to go through
連忙 liánmáng promptly 連續 liánxù continuous	通通 tōngtōng all 通過 tōngguò to pass through	路途 lùtú road	透明 tòumíng transparent
一 丆 丙 戸 百 亘 車 𨍏 連 連 連	㇇ マ ア 乃 丙 甬 甬 通 通 通 通	丿 人 亼 亽 仐 余 余 途 途 途 途	一 二 千 千 禾 秀 秀 透 透 透 透
連	通	途	透

造		逝	逞		逐	
zào		shì	chěng		zhú	
to make		to die	to show off		to pursue; to chase	
製造 zhì zào to manufacture	造成 zào chéng to cause	逝去 shìqù to die	得逞 déchěng to gain one's purpose	逞強 chěng qiáng to overexert	追逐 zhuīzhú to chase	逐步 zhúbù step by step
丿 𠂉 𠂊 生 牛 告 告 ⻌告 造 造 造		一 十 扌 扌 扩 折 折 ⻌折 逝 逝 逝	丶 口 口 旦 呈 呈 呈 ⻌呈 逞 逞 逞		一 丆 豕 豕 豕 豕 豕 ⻌豕 逐 逐 逐	

逸	週	進		逮
yì	zhōu	jìn		dǎi; dài
ease; leisure	week; circuit	to move forward		to reach; to be after
安逸 ānyì easy and comfortable	週期 zhōuqí cycle; period	進步 jìnbù to make progress	進入 jìnrù to enter	逮捕 dàibǔ to arrest
丿 ⺈ ⺈ 缶 缶 免 免 免 逸 逸 逸 逸	丿 冂 月 用 用 用 周 周 凋 凋 凋 週	丿 亻 亻 亻 仹 隹 隹 隹 淮 淮 淮 進		㇕ ⺕ ⺕ 聿 聿 隶 隶 隶 逮 逮 逮 逮

遁	道		達	逼
dùn	dào		dá	bī
to escape	road; path		to reach	to force
遁逃 dùntáo to escape	知道 zhīdào to know	道路 dàolù road	達到 dádào to reach	逼近 bījìn to approach
遁 盾 ㇀ 盾 厂 盾 𠂆 遁 斤 遁 斤 遁 盾	道 首 丶 首 丷 首 䒑 道 䒑 道 芇 道 首		達 幸 一 幸 十 幸 土 達 圭 達 幸 達 幸	逼 畐 一 畐 丆 畐 百 逼 百 逼 畐 逼 畐
遁	道		達	逼

違	遊	遐	過
wéi	yóu	xiá	guò
to disobey	to tour; to have fun	distant	to go across; to pass
違反 wéifǎn to disobey	遊戲 yóuxì game	遐想 xiáxiǎng reverie	過世 guòshì to die 過去 guòqù pass
違	遊	遐	過

遛	遞	遇		逾
liù	dì	yù		yú
to hang around	to hand over	to meet; to treat		to exceed
遛狗 liùgǒu to walk the dog	傳遞 chuándì to pass over	待遇 dàiyù treatment	遇到 yùdào to meet	逾期 yúqí to go past a time limit

遛　遞　遇　逾

遠	遙	遜	遣
yuǎn	yáo	xùn	qiǎn
far	distant; far	to evade; modest	to dispatch; to send
遠離 yuǎnlí to be distant from; 遠方 yuǎnfāng a distant place	遙遠 yáoyuǎn far	遜色 xùnsè not as good as	派遣 pàiqiǎn to send; 遣返 qiǎnfǎn to repatriate

遭	適		遮	遷
zāo	shì		zhē	qiān
to meet with	fitting; suitable		to cover; to conceal	to move
遭受 zāoshòu to suffer from	適應 shìyìng to adapt	適合 shìhé suitable	遮蔽 zhēbì to cover	搬遷 bānqiān to move
一 丆 冂 冃 曲 曲 曲 曲 曹 曹 曹 曹 遭 遭 遭	丶 亠 亠 产 产 产 啇 啇 啇 啇 啇 啇 適 適 適		丶 亠 广 广 庐 庐 庐 庐 庐 庶 庶 庶 遮 遮 遮	一 丆 丙 覀 覀 覀 覀 要 要 要 䙴 䙴 遷 遷 遷

	遭		適		遮		遷

遵	遲	選		遼
zūn	chí	xuǎn		liáo
to obey	late	to choose		distant
遵守 zūnshǒu to obey	遲到 chídào to be late	選舉 xuǎnjǔ	選擇 xuǎnzé to choose	遼闊 liáokuò unlimited

邀		還		避		遺	
yāo		huán; hái		bì		yí	
to invite		to return; still		to avoid		to leave behind	
邀請 yāoqǐng to invite		還錢 huánqián to return money	還有 háiyǒu furthermore; still have	避難 bìnàn to take refuge	避開 bìkāi to avoid	遺產 yíchǎn inheritance	遺留 yíliú to leave behind
㇒ 亻 白 白 白 白 皀 皁 皁 皁 皁 皁 敫 敫 激 激 邀		丶 冖 冖 罒 罒 罒 罒 罒 罒 睘 睘 睘 睘 還 還 還		㇕ コ 尸 尸 吕 吕 启 启 启 启 启 辟 辟 辟 避 避 避		丶 冖 口 中 虫 虫 冑 冑 冑 冑 貴 貴 遺 遺 遺 遺	
	邀		還		避		遺

邊

biān

side

旁邊
pángbiān
side

丿 亻 白 白 自 自 自 鳥 臱 臱 臱 臱 臱 臱 臱 邊 邊 邊 邊

邊

練習題(十二)

天生一對

xùn
mí
zhuī

造
迅
迷
zào
追
bì
shì
dá
達
避
huán
還
逝

邸	邪	邦
dǐ	xié	bāng
mansion	evil	nation
宅邸 zháidǐ mansion	邪惡 xiéè evil	邦交 bāngjiāo diplomatic relations
邸 一 𠂆 𠂇 氏 氐 氐ㄱ 氐阝	邪 一 匚 于 牙 牙ㄱ 牙阝	邦 一 二 三 丰 丰ㄱ 丰阝
邸	邪	邦

鄉		都		部		郎
xiāng		dū; dōu		bù		láng
village; countryside		big city		section; part		young man
家鄉 jiāxiāng hometown	鄉下 xiāngxià countryside	大都 dàdōu for the most part	都市 dūshì city	部門 bùmén department	部分 bùfèn part	新郎 xīnláng bridegroom

鄰	鄙	郵	
lín	bǐ	yóu	
neighbor	to despise	mail	
鄰居 línjū neighbor	鄙視 bǐshì to despise	郵局 yóujú post office	郵差 yóuchāi mailman
丶 丷 䒑 半 米 米 米 粦 粦 粦 粦 粦 粦 粦 鄰 鄰	丶 口 口 口 口 口 𠯑 𠯑 啚 啚 啚 啚 鄙 鄙	一 二 千 千 千 千 垂 垂 垂 垂 垂 郵	
鄰	鄙	郵	

酒	配		酋
jiǔ	pèi		qiú
alcoholic drin	to match; to pair		the chief of a tribe
啤酒 píjiǔ beer	搭配 dāpèi to collocate	配合 pèihé to co-oper- ate	酋長 qiúzhǎng the chief of a tribe
丶 氵 氵 汀 汀 沔 沔 洒 洒 酒	一 厂 丆 丙 西 西 酉 酉 酉 配		丶 丷 䒑 丷 产 芮 芮 芮 酋
酒	配		酋

酷		酬		酗	酌
kù		chóu		xù	zhuó
cruel; brutal		to toast; payment		to lose temper after drinking	to pour out; to drink
殘酷 cánkù cruel	酷暑 kùshǔ very hot summer	應酬 yìngchóu social engagement	酬勞 chóuláo payment	酗酒 xùjiǔ excessive drinking	斟酌 zhēnzhuó to consider carefully

醒	醉	醋	酵
xǐng	zuì	cù	xiào
to awake	drunk	vinegar	to ferment
清醒 qīngxǐng to awake	喝醉 hēzuì drunk	吃醋 chīcù vinegar	發酵 fāxiào to ferment

醫		醜
yī		chǒu
doctor		ugly
醫院 yīyuàn hospital	醫生 yīshēng doctor	醜陋 chǒulòu ugly

醫 醜

釋

shì

to explain

解釋
jiěshì
to explain

量		野		里
liáng ; liàng		yě		lǐ
to measure; amount		countryside		a unit of length; neighborhood
數量 shùliàng amount	測量 cèliáng to measure	野餐 yěcān to picnic	野生 yěshēng wild	公里 gōnglǐ kilometer
丶 ㄇ 曰 日 旦 旦 昌 昌 昌 昌 暈 量		丶 ㄇ 曰 日 旦 甲 里 野 野 野 野 野		丶 ㄇ 曰 日 旦 甲 里
量		野		里

練習題(三)

填空高手

四 八畫

青	隹	隶	阜	部首
qīng	zhuī	lì	fù	發音
blue, green, black; young	bird	subservient; servant	mound; abundant	意義
青	隹	隶	阜 阝	字形
青 靜 靛	雀 雇 集 雅 雋	隸	防 阱 附 陀 阻	例字

非	部首
fēi	發音
not; negative	意義
非	字形
非 靠 靡	例字

附		阱	防	
fù		jǐng	fáng	
to attach; to enclose		trap	to defend	
附近 fùjìn nearby	附件 fùjiàn attachment	陷阱 xiànjǐng trap	防身 fángshēn to defend oneself	防備 fángbèi to guard against
附 附 ㇇ 阝 阝 阝 阝		阱 ㇇ 阝 阝 阝 阝 阝	防 ㇇ 阝 阝 阝 阝 防	
附		阱	防	

陋		陌	阻		陀	
lòu		mò	zǔ		tuó	
plain			to stop		top	
醜陋 chǒulòu ugly	簡陋 jiǎnlòu simple and crude	陌生 mòshēng path between fields	阻力 zǔlì obstruction	阻止 zǔzhǐ to stop	佛陀 fótuó Buddha	陀螺 tuóluó whipping top
㇇ 阝 阝 阝一 阝丆 阝丙 陃 陃 陋		㇇ 阝 阝 阝一 阝丆 阝丆 陌 陌 陌	㇇ 阝 阝 阝丨 阝冂 阝月 阻 阻		㇇ 阝 阝 阝丶 阝丶 阝宀 陀 陀	
	陋	陌		阻		陀

除		陣		陡	陛
chú		zhèn		dǒu	bì
to rid of		battle array; position; a period of time		steep	steps leading to the throne
開除 kāichú to fire	除了 chúle except	一陣子 yízhènzi a short time	陣營 zhènyíng camps	陡峭 dǒuqiào steep	陛下 bìxià Your Majesty

陸	陶	陪	院	
lù	táo	péi	yuàn	
dry land	pottery	to accompany	courtyard; designation for certain public offices	
陸地 lùdì land	陶器 táoqì pottery	陪伴 péibàn to accompany	醫院 yīyuàn hospital	院子 yuànzi courtyard

隊		陳	陷		陵
duì		chén	xiàn		líng
team; a line of people		to lay out; a surname	to sink		mound; hill
排隊 páiduì to line up	隊長 duìzhǎng team leader	陳情 chénqíng to state and plead	凹陷 āoxiàn to sink	陷害 xiànhài to frame someone	丘陵 qiūlíng hill
	隊	陳		陷	陵

隔		陽	階		隆	
gé		yáng	jiē		lóng	
to be separated		the sun	steps		prosperous	
隔絕 géjué to be iso- lated	隔壁 gébì the next door	太陽 tàiyáng the sun	階段 jiēduàn phase; stage	階梯 jiētī steps	興隆 xīnglóng prosperous	隆起 lóngqǐ to bulge; to rise
隔		陽	階		隆	

險		障	際		隕
xiǎn		zhàng	jì		yǔn
danger; risk		to hinder	boundary		to perish; to die
陰險 yīnxiǎn sinister	危險 wéixiǎn dangerous	障礙 zhàngài barrier	邊際 biānjì boundary	國際 guójì interna-tional	隕落 yǔnluò to die

隱	隨	
yǐn	suí	
to hide	to follow; t o adapt to	
隱藏 yǐncáng to hide	隨便 suíbiàn arbitrary	隨時 suíshí at all times
㇇ 阝 阝 阝 阝 阝 阝 阝 阝 阝 阝 隱 隱 隱 隱 隱 隱	㇇ 阝 阝 阝 阝 阝 阝 阝 阝 阝 阝 阝 陏 隋 隋 隨	

隸

lì

to be under

奴隸
núlì
slave

一 十 オ 木 木 杢 杢 隶 隶 隶ㄱ 隶ㄱ 隶ㄱ 隶ㅋ 隸 隸 隸 隸 隸

隸

集		雇	雀	
jí		gù	què	
to get together		to employ	sparrow	
收集 shōují to collect	集合 jíhé to gather	雇用 gùyòng to hire	麻雀 máquè sparrow	雀斑 quèbān freckles
ノ 亻 亻 亻 亻 亻 隹 隹 隹 隼 集 集		一 厂 户 户 户 户 户 户 户 户 户 雇	丨 ⺌ 小 少 少 少 雀 雀 雀 雀 雀	
集		雇	雀	

雜	雖	雕	雅
zá	suī	diāo	yǎ
mixed	although	to carve	graceful
複雜 fùzá compli-cated; 雜亂 záluàn disorderly	雖然 suīrán although	雕琢 diāozhuó to cut and polish; 雕刻 diāokē to carve	優雅 yōuyǎ graceful

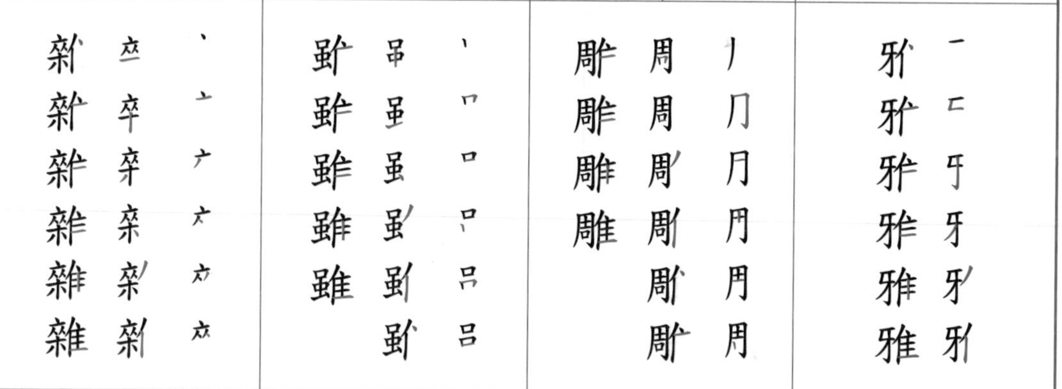

離		難	
lí		nán	
to leave		difficult; disaster	
遠離 yuǎnlí to be distant from	離開 líkāi to leave	災難 zāinàn disaster	困難 kùnnán difficult

靛		靜		青	
diàn		jìng		qīng	
indigo		quiet; peaceful		blue; green	
靛色 diànsè indigo		平靜 píngjìng peaceful	安靜 ānjìng quiet	青天 qīngtiān blue sky	青草 qīngcǎo green grass
	靛		靜		青

靡	靠	非	
mí	kào	fēi	
to disperse	to lean against	not; wrong	
風靡 fēng mí to be fashionable	依靠 yī kào to rely on	是非 shìfēi right and wrong; dispute	非常 fēi cháng very

練習題(十四)

文字之美

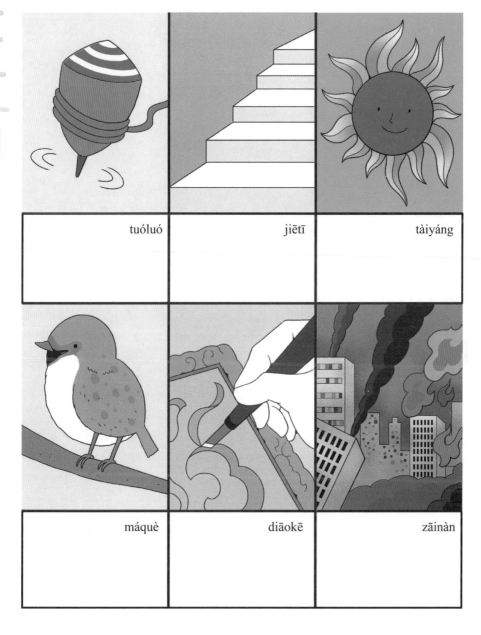

tuóluó	jiētī	tàiyáng

máquè	diāokē	zāinàn

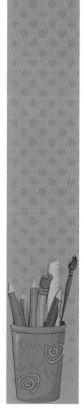

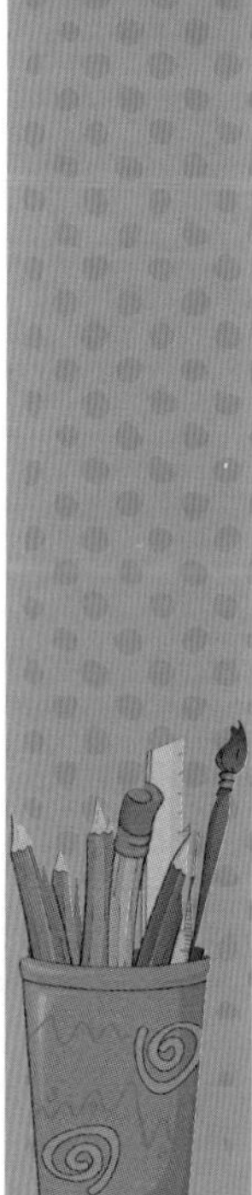

五

九畫

韭	韋	革	面	部首
jiǔ	wéi	gé	miàn	發音
scallion, leek	tanned leather	leather	face; surface; side	意義
韭	韋	革	面	字形
韭	韌	革 靶 靴 鞏 鞋	面	例字

頁	音	部首
yè	yīn	發音
page	sound; music	意義
頁	音	字形
頁 頂 項 須 順	音 竟 章 韻 響	例字

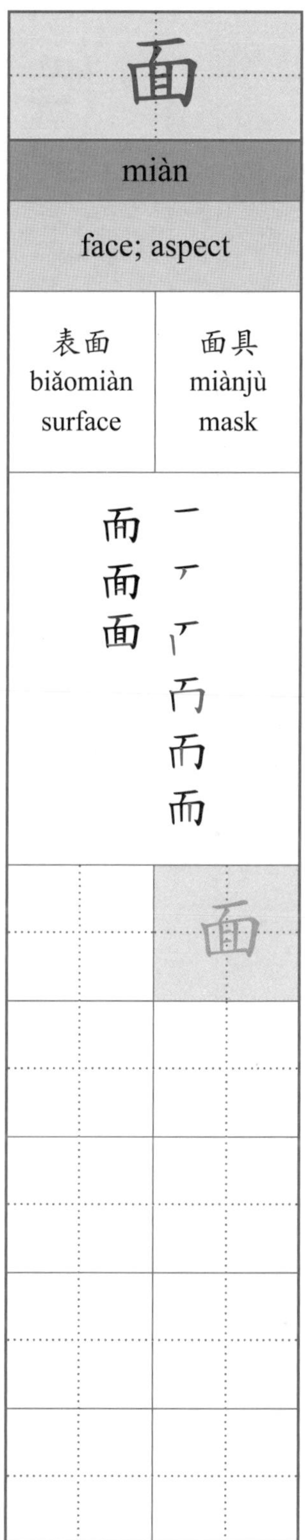
面
miàn
face; aspect
表面
biǎomiàn
surface
面具
miànjù
mask

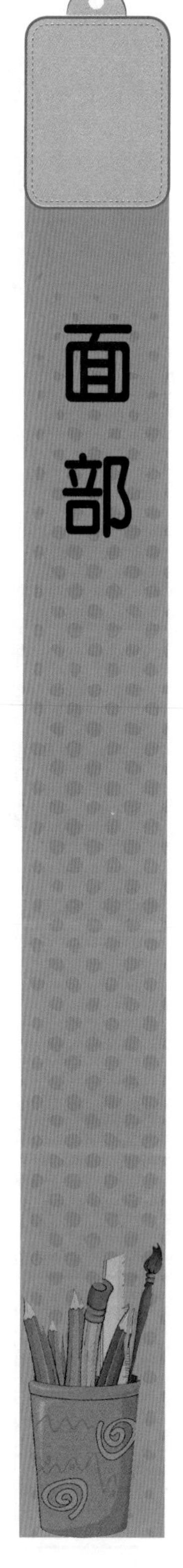
面部

靴	靶	革	
xuē	bǎ	gé	
boots	target	leather; to change	
靴子 xuēzi boots	靶子 bǎzi target	改革 gǎigé to reform; to innovate	皮革 pígé leather
一 廿 廿 廿 廿 廿 廿 芇 苫 革 革 靪 靪 靪 靴	一 廿 廿 廿 廿 廿 廿 芇 苫 革 革 靪 靪 靪 靶	一 廿 廿 廿 廿 廿 苫 苫 革	
靴	靶	革	

鞭	鞍	鞋	鞏
biān	ān	xié	gǒng
whip	saddle	shoes	to consolidate
鞭子 biānzi whip	馬鞍 mǎān saddle	鞋帶 xiédài shoelace 鞋子 xiézi shoes	鞏固 gǒnggù to consolidate
一 十 廾 廿 廿 苩 苩 革 革 革 革 革 革 革 鞭 鞭 鞭 鞭	一 十 廾 廿 廿 苩 苩 革 革 革 革 革 革 鞍 鞍	一 十 廾 廿 廿 苩 苩 革 革 革 革 革 革 鞋 鞋	一 丅 工 工 巩 巩 巩 巩 巩 巩 巩 巩 巩 巩 鞏
鞭	鞍	鞋	鞏

韌

rèn

tough

強韌
qiángrèn
tough

一 十 土 去 吉 吉 查 韋 韋 韌 韌 韌

韌

韭

jiǔ

chives

韭菜
jiǔcài
chives

丨 ⺊ ⺕ ⺕ 彐 ⺕ 非 非 韭

韭

章		竟		音	
zhāng		jìng		yīn	
chapter; stamp		unexpectedly; eventually		sound	
印章 yìnzhāng seal	章節 zhāngjié chapter	究竟 jiùjìng after all; eventually	竟然 jìngrán unexpect-edly	聲音 shēngyīn sound	音樂 yīnyuè music
丶 亠 亠 立 立 产 咅 音 音 音 章		丶 亠 亠 立 立 产 咅 音 音 竟 竟		丶 亠 亠 立 立 产 咅 音 音	
	章		竟		音

響		韻
xiǎng		yùn
sound; noise		rhyme; vowel
音響 yīnxiǎng audio	響亮 xiǎngliàng loud and clear	押韻 yāyùn to rhyme

項		頂		頁	
xiàng		dǐng		yè	
neck; item		the top; to push; to reject		page	
事項 shìxiàng item; matter	項鍊 xiàngliàn necklace	頂替 dǐngtì to replace	山頂 shāndǐng hill-top	首頁 shǒuyè homepage	頁數 yèshù the page number
一 丅 工 工一 工丆 工丆 工丙 工百 工百 工頁 工頁 項		一 丁 丁一 丁丆 丁丆 丁丙 丁百 丁百 丁頁 丁頁 頂		一 丆 丆 百 百 百 百 頁 頁	
	項		頂		頁

頓		頒	順		須
dùn		bān	shùn		xū
pause		to bestow on	following; in sequence		must
停頓 tíngdùn to pause	頓時 dùnshí at once	頒獎 bānjiǎng to award prizes	順序 shùnxù sequence	順利 shùnlì successfully	必須 bìxū must
頓		頒	順		須

頗	預	頑	頌
pǒ	yù	wán	sòng
considerably	beforehand	stubborn	to praise
偏頗 piānpǒ biased	預訂 yùdìng to book 預習 yùxí to preview	頑皮 wánpí naughty	歌頌 gēsòng to praise

頰	頹	頻	領
jiá	tuí	pín	lǐng
cheek	to fall	repeatedly	the collar
臉頰 liǎnjiá cheek	頹廢 tuífèi dispirited	頻率 pínlǜ frequency	領導 lǐngdǎo to guide; to lead 領帶 lǐngdài tie
一 厂 … 夾 … 頰	丿 二 千 禾 禾 秀 … 頹	丨 卜 止 止 … 步 … 頻	丿 人 亽 今 令 令 … 領
頰	頹	頻	領

顏	額		題		頸
yán	é		tí		jǐng
color; face	forehead; specified amount		subject; topic		neck
顏色 yánsè color	名額 míngé the number of persons allowed	額頭 étóu forehead	問題 wèntí question	題目 tímù the title	頸子 jǐngzi neck

顧		願		類		顛
gù		yuàn		lèi		diān
to turn around and look		hope; wish		type; category		to toss
照顧 zhàogù to take care of	顧慮 gùlǜ to have misgiving about	願望 yuànwàng wish	願意 yuànyì to be willing	分類 fēnlèi to classify	類似 lèisì similar	顛倒 diāndǎo upside down

顯		顫
xiǎn		zhàn
to show		to tremble
明顯 míngxiǎn clear	顯示 xiǎnshì to show	顫抖 zhàndǒu to shake

練習題(十五)

看圖連連看

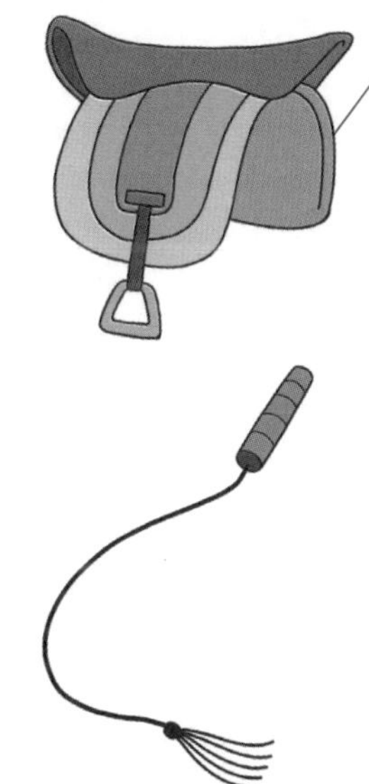

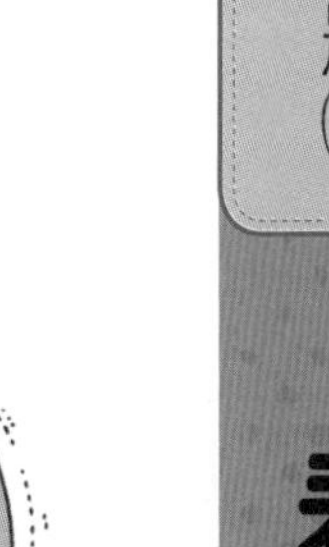

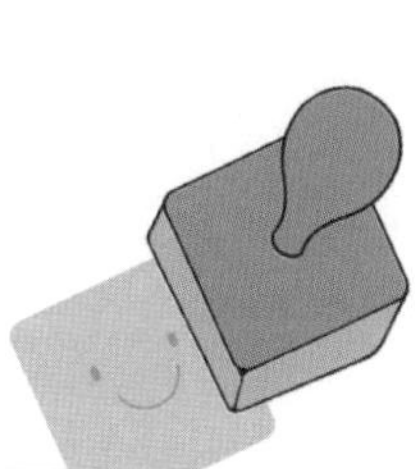

- 鞭子
- 印章
- 領帶
- 馬鞍
- 面具
- 項鍊
- 顫抖
- 鞋子

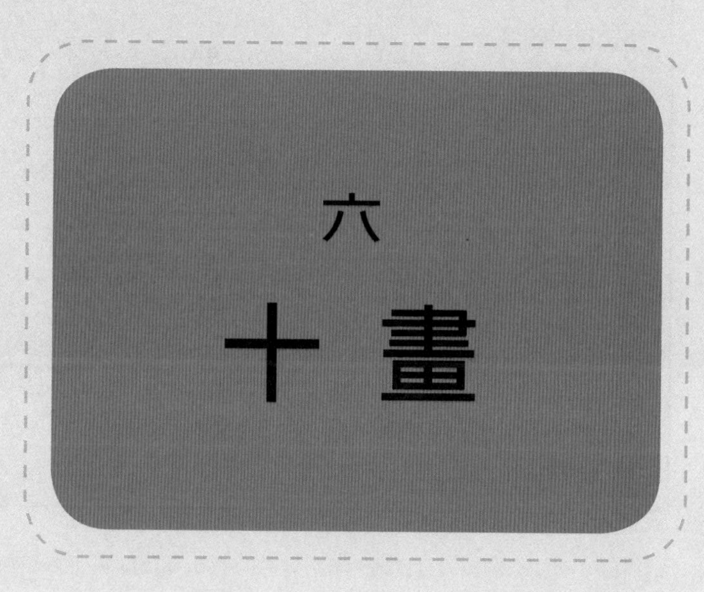
六
十 畫

部首	骨	髟	鬥
發音	gŭ	biāo	dòu
意義	bone	hair	struggle, fight
字形	骨	髟	鬥
例字	骨 骰 骷 骼 骸	髦 髮 鬆 鬍	鬥 鬧

骷	骰	骨
kū	tóu	gǔ
skeleton	dice	bone
骷髏 gūlóu skeleton	骰子 tóuzi dice	骨頭 gǔtou bone

體	髏	骸	骼
tǐ	lóu	hái	gé
body	skeleton	bones of the body	bone
體重 tǐzhòng weight; 體溫 tǐwēn body temperature	骷髏 kūlóu skeleton	殘骸 cánhái remains	骨骼 gǔgé bones and skeleton

髒

zāng

dirty

骯髒
āngzāng
dirty

鬆		髮	髦
sōng		fǎ	máo
loose		hair	the mane
輕鬆 qīngsōng relaxed	鬆餅 sōngbǐng waffle	頭髮 tóufǎ hair	時髦 shímáo fashionable

鬍

hú

beard

鬍子
húzi
beard

丨 ㄏ ㄏ ㄏ 𠀐 𠀐 镸 镸 镸 髟 髟 髟 髟 鬍 鬍 鬍

鬍

鬧		鬥	
nào		dòu	
noisy		fight; to compete with	
吵鬧 chǎonào to brawl	鬧事 nàoshì to cause trouble	決鬥 juédòu to duel with	鬥爭 dòuzhēng conflict; fight

練習題(十六)

分類專家

體鬧鬍骸鬆鬥髒髮

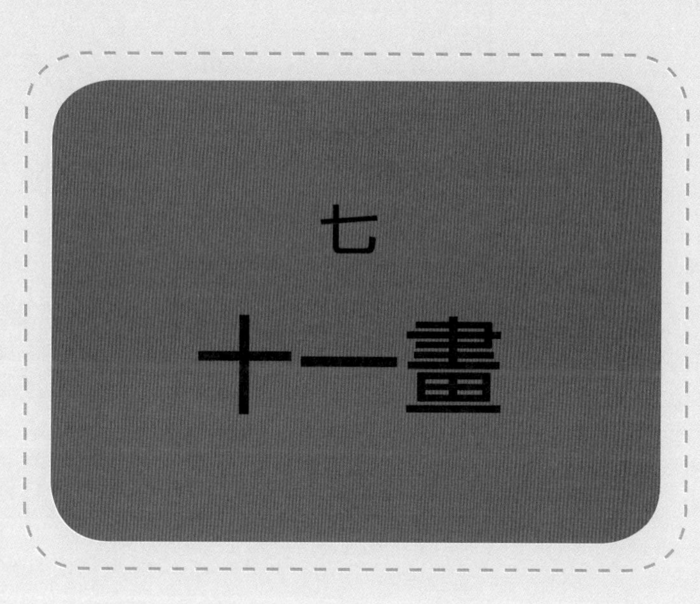

七

十一畫

鹿	鹵	部首
lù	lŭ	發音
deer	salt	意義
鹿	鹵	字形
麗	鹵 鹼 鹽	例字

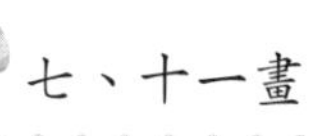

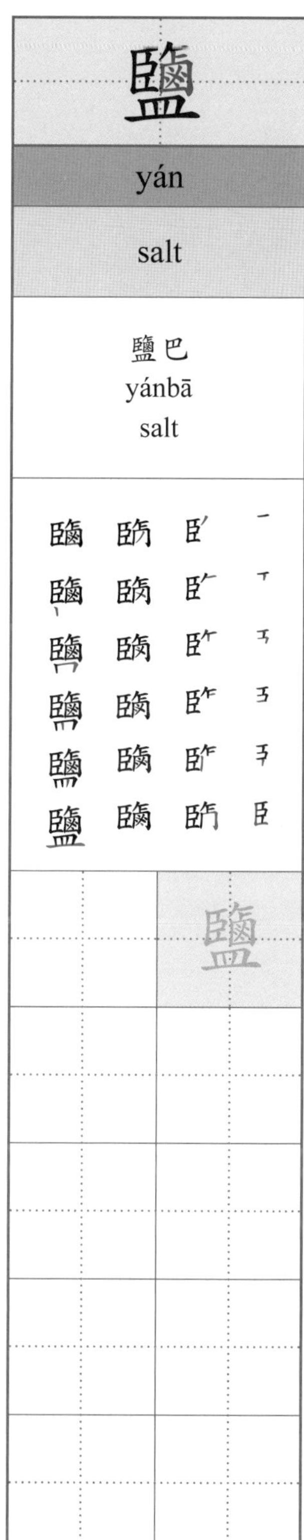

鹽

yán

salt

鹽巴
yánbā
salt

麗

lì

beautiful

美麗
měilì
beautiful

麗

麗

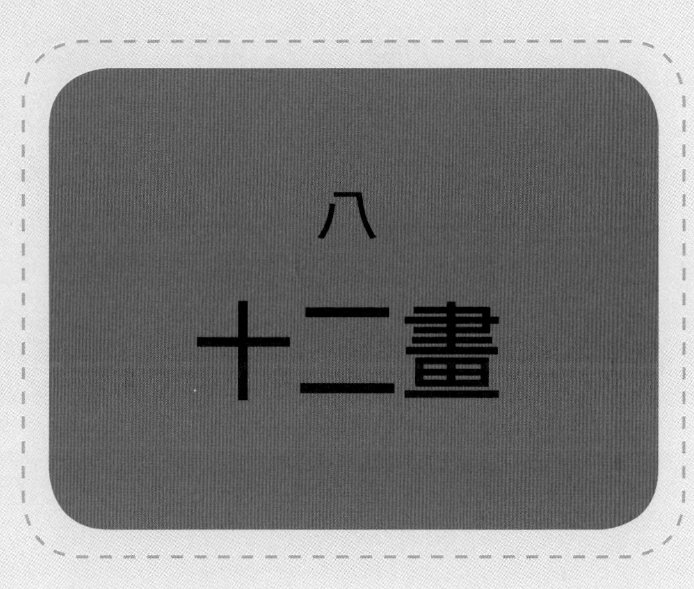

八
十二畫

黑	黍	部首
hēi	shǔ	發音
black	millet	意義
黑	黍	字形
墨 默 點 黠 黨	黎 黏	例字

黏

nián

sticky

黏住 niánzhù to stick	黏性 niánxìng stickiness

一 二 千 千 禾 秀 黍 黍 黍 黍 黍 黍 黍 黏 黏 黏 黏 黏

黏

點		默	墨
diǎn		mò	mò
drop; spot; a little		silent	ink; black
一點 yìdiǎn a little	點子 diǎnzi idea	沉默 chénmò silence	墨水 mòshuǐ ink
丨 冂 冂 冂 四 罒 甲 里 里 黑 黑 黑 黑 黑 點 點 點		丨 冂 冂 冂 四 罒 甲 里 里 黑 黑 黑 黑 默 默 默	丨 冂 冂 冂 四 罒 甲 里 里 黑 黑 黑 黑 墨 墨
點		默	墨

黴	黯	黨
méi	àn	dǎng
mould	dark	political party
黴菌 méijùn mould	黯淡 àndàn dark	政黨 zhèngdǎng political party

練習題㈦

拼音大考驗

鹽巴

美麗

黏住

měilì

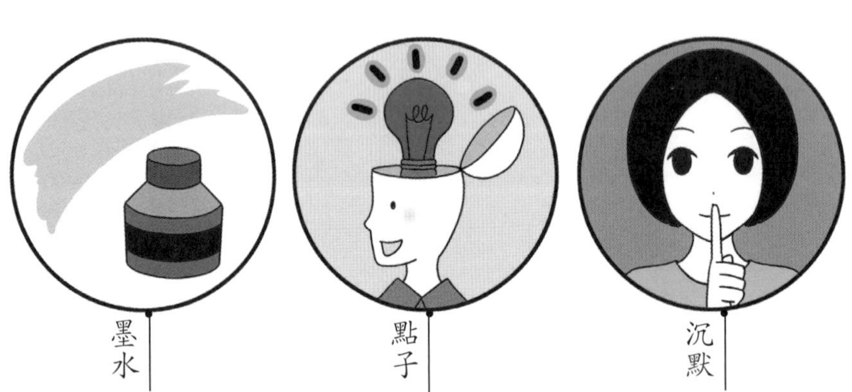

墨水

點子

沉默

Note

Note

Note

Note

國家圖書館出版品預行編目資料

漢字300：習字本四／楊琇惠著. 一一初版. 一一臺北市：五南, 2017.06
面； 公分
ISBN 978-957-11-9142-3（第4冊：平裝）
1.漢字
802.2 106004829

1XAT 華語系列

漢字300
習字本(四)

作　　者 — 楊琇惠（317.4）
編輯助理 — 李安琪
發 行 人 — 楊榮川
總 經 理 — 楊士清
副總編輯 — 黃惠娟
責任編輯 — 蔡佳伶、簡妙如
校　　對 — 簡妙如
封面設計 — 陳翰陞
出 版 者 — 五南圖書出版股份有限公司
地　　址：106台北市大安區和平東路二段339號4樓
電　　話：(02)2705-5066　傳　　真：(02)2706-6100
網　　址：http://www.wunan.com.tw
電子郵件：wunan@wunan.com.tw
劃撥帳號：01068953
戶　　名：五南圖書出版股份有限公司
法律顧問　林勝安律師事務所　林勝安律師
出版日期　2017年6月初版一刷
定　　價　新臺幣360元

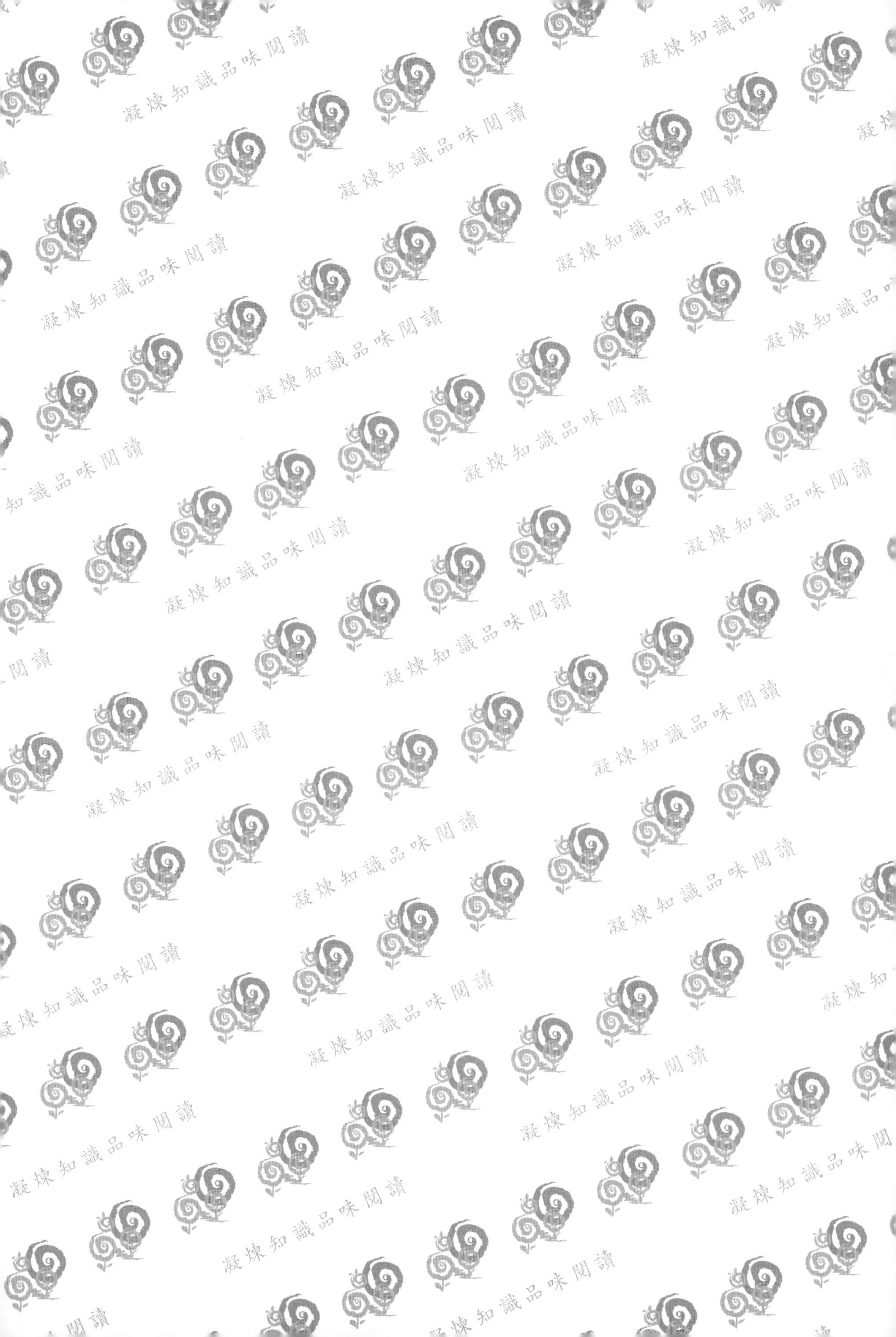